なたぎり三人女

群　ようこ

幻冬舎文庫

なたぎり三人女

なたぎり三人女・目次

ミスターの帽子

　ミユキ、マキコ、ヒロコの三人は、暇があると連絡を取り合って、マキコの家に集まることが多い。ミユキとヒロコが買い出しに行って、料理が得意なマキコが料理を作るのだ。ミユキも料理が上手だったが、料理が下手なヒロコは、作り慣れているはずのにら玉を作るときでさえ、ひどく緊張した。自分一人では絶対に並ばない数種類のおかずを食べながら、三人はテレビを見たり、世間話をしたりしながら、晩御飯を食べるのだ。

　ヒロコは物書きである。大学を卒業して社員が四百人の出版社に入り、会社に内緒のアルバイトでどうでもいいようなエッセイを書いているうちに、そちらの名前が世の中に出てしまい、社内で問題になってしまった。上司は当然のように、アルバイトのほうをやめると思っていたらしいが、ヒロコは、

「じゃ、会社をやめまーす」

　といって、簡単にやめてしまった。もちろん、両親、友人からは総すかんをくらっ

た。じっと会社に勤めていれば、毎月そこそこの給料が入り、社内で昇進もある。それを目先の金に目がくらんで、むざむざ捨てなくてもいいではないかといわれたのである。

ヒロコは別にそういうことには興味がなかった。

「なんだか、会社ってつまんないな」

と思っているときに、学生時代の友人を通じて原稿を書かないかといわれ、適当に書いたらそれが評判になり、あちらこちらから声がかかるようになっただけのことだった。

「それで、生活はできるの」

ヒロコの母親はいった。今のところ、原稿料は給料の二倍の額だといった。一瞬、母親は黙ったが、

「それでもボーナスの分は……」

などと小言をこぼした。たしかに金銭的な不安があったのも事実である。しかし、

「まあ、世の中、なんとかなるだろう」

という気分で、ヒロコは生きていた。

「どこに不満があるの。立派な会社じゃないの」

母親は説得をはじめた。たしかにそうだった。競争率も高かった。しかしいざ入社してみると、自分が思っていたのとずいぶん違っていた。配属された部署と上司との相性も悪かったのかもしれないが、編集者としては尊敬できない人々ばかりが周囲にいた。お局《つぼね》のような女性は役員の愛人で、自分の気に入らない人間の悪口を役員に吹き込んで、閑職に追いやったりした。また男性の上司は、本作りを第一に考えているというよりも、いかに社内で出世するかということばかりを考えているような男だった。他には、

「ここでもらえるお金なんて、私のお小遣いよ」

といったコネで入社した作家の娘とか、わけのわからない人たちばかりだった。担当の作家を持たされると、自分は手一杯のくせにお局がしゃしゃり出てきて、

「あなたはまだ未熟だから」

といって横取りする。うんざりしていたところへ、アルバイトの話が舞い込んできたというわけであった。ヒロコはエッセイからだんだん移行して、最近では十代の女の子向きの本を中心に書くようになった。またそれが爆発的に売れ、なんとか物書き

で暮らせるめどがついたのである。

ミユキとは一年前、ある雑誌のグラビア撮影で知り合った。ふだんはそんなところに出ないのであるが、これも友人の編集者から、

「急にある漫画家に断られて困っているから、穴埋めに出て。ヘアメイクは一流の人に頼んであげるから」

と引っぱり出されたのである。そのときヘアとメイクを担当してくれたのが、ミユキだった。ヒロコよりも三歳年上で、髪を一束にまとめ、職業柄、今風の格好をしていた。女性であるのにお洒落《しゃれ》な男の子風の姿がとてもよく似合っていた。そして彼女にメイクをしてもらうと、

「これが私か？」

といいたくなったくらい、平たい顔面がくっきりとした顔立ちになり、写真の写り具合もとてもよかった。おまけになんだかんだと文句をいったヒロコの両親も、娘のグラビアが載った雑誌を買い占め、親類縁者に配ったりしたのであった。

たまたまミユキが隣の駅に住んでいることがわかり、帰りは車で送ってもらった。乗っているのはアルファロメオのスパイダーだ。色はモスグリーン。

「私、洋服は好きなの。それと時計と靴と車と……」

ミユキは車を運転しながら、ずっと喋《しゃべ》り続けていた。マンションまで送ってくれると、

「これ、自宅の電話番号。また御飯でも食べましょう」

彼女はそういってアルファロメオを駆って去っていった。

ヒロコがマキコと知り合ったのは、これも仕事でである。年はヒロコよりも二歳年下で、イラストレーターである。ヒロコの雑誌の連載が決まり、イラストをどのようにするかと編集者と相談したときに、前々から絵が気に入っていたので、ヒロコがマキコを指定したのである。顔合わせのとき、初めてマキコを見たヒロコは、

「感じがよく、まじめに仕事をしてくれそうな人」

と好印象を持った。しゃしゃり出ることはないが、ノリは悪くなく、とても気配りがゆきとどいている人だった。ヒロコもマキコも酒が飲めないので、その夜は編集者の女性が一人で酔っぱらっていた。そしてマキコもヒロコの家から徒歩で十五分くらいの場所に住んでいることがわかり、たまに会って食事をしたり、電話をしたりするようになった。

ヒロコはミユキと会ったときはマキコの話をする。マキコと会ったときはミユキの話をする。そんなことを繰り返しているうちに、ミユキが、

「面倒くさいからさ、もうまとめてみんなで会おうよ」

ということになり、ある日、天ぷら屋で三人で会った。

「ここはおいしいのよ」

セッティングはすべてミユキにおまかせだった。

「なんだ、あなたたち、飲めないのか。車の運転もしないのに、惜しいねえ」

仕事の帰りに車で来ていたミユキは、飲みたそうな顔をしていたが、我慢をしてお茶を飲んでいた。

「今日はアルファロメオ？」

「ううん、ベンツ」

「何台、車を持ってるの」

「今は三台。でも見ると欲しくなっちゃう」

友だちのなかにそんなに車が好きな人がいなかったヒロコは、

「こういう人もいるんだな」

と新鮮な気持ちでミユキを見ていた。

「それで、どうなんですか、マキコさんは」

ミユキは初対面のマキコにあれこれと質問し、生まれてから現在までのことを、男関係も含めて全部把握してしまった。もちろんヒロコも以前に同じことをされていた。

「なるほど」

ミユキは四人姉妹の末っ子であった。偏差値の高い高校を卒業したあと、美大を受験したが失敗し、山小屋に籠《こ》もったりしていたが、また戻ってきて勉強をし直し、ヘアメイクアップの仕事をするようになった。専属で仕事をしている女優や歌手もいて、その仕事ぶりは信頼されているようであった。三人はそれぞれ仕事を持ち、一人で暮らしている。男がいないのも共通していた。四十四歳のヘアメイクアップアーティストと、四十一歳の物書きと、三十九歳のイラストレーターの三人は意気投合してその場は盛り上がり、割り勘でとヒロコとマキコがいったのに、

「うるさい。こういうときは年上が払うもんなんだ」

といって強引にミユキが払ってくれ、親切にキャメル色のベンツワゴンで送ってくれたのだった。

それからお互いの仕事の都合がつけば、近所に住んでいることもあって、マキコの家で一緒に食事をしたり、話をしたりするようになった。

ただ一人、酒が飲めるミユキは、ワイン持参である。

「この人、うちにグラスをキープさせてくれって、持ってきたのよ」

マキコは食器棚を指さした。洒落たグラスが二個並んでいる。

「いいじゃん、いいじゃん、細かいことといわないでさあ」

そういってミユキはワインを飲んだ。そして突然、立ち上がり、

「この部屋かわいいよね。で、ベッドルームはどうなってんの」

と、ずんずんとベッドルームに入っていった。マキコの2LDKの部屋は、きっちり片付いているわけでもなく、かといって散らかっているわけでもなく、人が住んでいる自然ないい感じになっていた。

「やだ、散らかっているんだから」

あわててマキコは追いかけた。

「平気、平気、ちょっと部屋の感じを見るだけよ」

ヒロコはちょっと遠慮をして、リビングに飾ってある写真や置物を眺めていた。奥

の部屋からはミユキの、

「へえ、はあん」

という声と、

「ほら、いいから早く出ていってってば」

と叫ぶマキコの声がかぶさって聞こえてきた。

「ここが仕事部屋か」

「もう、いいから。とっとと出て」

ミユキはマキコに何度も突き飛ばされながら戻ってきた。

「本当にもう。人の部屋なんかのぞき込まないで」

「だって、興味、あるんだもん」

ミユキはヒロコの顔を見ながら、

「えへへ」

と笑った。

「あまり飲みすぎちゃだめだよ」

マキコがいうと、

「今日は車じゃないから、いいんだもん」

　とミユキはちょっと拗《す》ねた。

　ヒロコはもしも自分の部屋を見たいといわれたらどうしようかと、心臓がどきどきした。ミユキの性格からすると、急に思い立って、

「さ、これからヒロコちゃんの家に行こう」

　といい出しかねないからだった。部屋はいつもとんでもないことになっていた。買った本や雑誌はどんどん増えていく。送られてくる雑誌や本も山のようにある。雑誌は週に一度の資源ゴミの日に出そうと、ひとまとめにくくっているのだが、ゴミの収集日の朝、起きられなかったりするので、今は部屋の中に十束ある。早起きしない限り、雑誌の束は増えていくというわけなのである。幸い、ミユキはヒロコの家には関心がなかったようで、ほっと胸をなで下ろした。

「ねえ、何か面白いことないの」

　ミユキはにこにこしながらいう。

「うーん」

　ヒロコはそういいながら、持ってきた紙袋から、ごそごそと品物を出した。

「そうそう、今日はそれがメインだったのよ」

マキコが紅茶を持ってきた。

「なんだっけ」

「やだなあ。あなたがファミコンを持ってこいっていったんじゃないの」

マキコはミユキの肩を小突いた。

「そうだっけ」

「そうよ。ヒロコちゃんが、ファミコンをやってるって聞いたら、私もやりたいっていったんじゃないの」

「えー、そんなことないよ。私はそんなに興味がなかったんだけど、ヒロコちゃんがどうしてもやらせたいっていうから」

「はいはい、そのとおり、そのとおり」

電話で話していたとき、今、何をやってるのと聞かれたので、ファミコンと答えたら、それを持ってこいといわれたのである。ヒロコはテーブルの上にスーパーファミコンの機械と、ソフトを並べた。

「ずいぶん昔に、スーパーのつかないファミコンをもらったことがあるんだけど、知り合いの子供にあげちゃったんだ」

　ミユキはカセットを入れる穴やイジェクトボタンを押してみた。そしてソフトのパッケージを取り上げ、

「『マザー2』ねえ」

　とつぶやいた。ヒロコはそのソフトを中古ソフト店で買った。麻雀ゲームを買いに行ったときに、たまたま目についたのがこれだったのである。

「『マザー1』っていうのはあるの」

「さあ、知らない」

　マキコの言葉にヒロコは首を横に振った。ただ世の中でファミコンがはやっていると聞いて、どんな物かと興味を持って買ったにすぎない。詳しいことは何も知らないのである。

「これはね、途中までやったんだけどね、キャラクターがとってもかわいいの」

　そういいながらヒロコはリビングに置いてある大型テレビに機械を接続した。

「慣れてるねえ」

　ミユキはワインを飲みながらいった。マキコは肩越しにのぞき込んでいる。

「だって、ここの穴に差すだけだもん。誰だってできるよ」

「ふーん」

二人はうなずいた。ソフトを取り出し、カセットを装着して、スイッチを入れた。

「あら、かわいいね」

マキコは画面の中に現れた、赤い野球帽をかぶった男の子を見ていった。

「そうなの、とってもかわいいの」

「この子、なんていう名前？　えっ、たくや？　たくやって、あのＳＭＡＰの……」

「好きに名前をつけられるから、とりあえず、たくやってつけただけよ」

「ふーん」

ミユキは画面を眺めている。オネットという町が映っている。

「たくやがね、隕石《いんせき》が落ちた現場に行ったんだけどね、警官がいっぱいいてだめで、また家に戻って寝たのよ。それでまた朝起きて行くの。そして朝起きたときには、たくやの髪の毛にちゃんと寝癖がついてたりして、芸が細かいのよ」

とことこと画面を歩くたくやに三人は目が釘付《くぎづ》けになった。

「ちょっと、貸して」

ミユキがコントローラーを手にした。

「まどろっこしいのよ。あなた、方向音痴だからさ。画面でもたくやがどのへんを歩いているかわからないでしょう」

「うん」

そのとおりだった。自分でやっていても、この人にはさっき話しかけた」

「あ、ここさっき通った。この人にはさっき話しかけた」

の連続だった。たくやの家に帰っているつもりが、変な場所にずんずんと入り込んでいったりした。

「これは、ミユキちゃんのほうが向いてる」

マキコはきっぱりといいきった。

「よろしくお願いします」

「まかしといて」

とミユキは張り切っていた。

「あっ」

三人はまた叫んだ。たくやはモンスターの犬に襲われた。そのとたん、画面がぐわーんと変わった。

「ほら、やっつけて」

ヒロコがいうと、ミユキは、

「よしっ」

と気合いを入れた。その犬の名前が、「おんしらずのいぬ」と知ったマキコは、げらげら笑った。多少、苦労はしたものの、叩《たた》く攻撃をして、無事たくやは勝った。歩きはじめると、今度はカラスである。この名前は「にくいカラス」だった。

「簡単、簡単」

あっという間にたくやはカラスをやっつけ、プレゼントをもらった。

「プレゼントって、なんだろうねえ」

ミユキはうきうきした口調でいい、それがクッキーだと知ると、

「なるほど、クッキーか」

と深くうなずいた。

「あっ。蝶々が飛んできた」

また襲われるのかと思ったら、それは「マジックバタフライ」で、たくやの頭に止

まり、彼をリラックスさせてくれた。

町の中を歩いていると、相変わらずたくやは、カラス、ヘビ、犬に襲われ続ける。しかしそれに勝つと、たくやは経験値を得て、どんどんパワーがついていく。たくやが強くなっていくと、それまでは歩いているとするするっとにじり寄ってきたモンスターたちは、逃げるようになった。

「気持ちいいねえ」

ミユキはとても満足そうだった。喧嘩《けんか》のうまさが、こういうところで役に立つとは思わなかった。

「あっ、昨日は行けなかったのに、ちゃんと隕石のところまで道ができてる!」

ヒロコは叫んだ。

「えっ、ほんと? 見逃したんじゃないの」

マキコは不審そうな顔だ。

「そうなの、道がなくて行けなかったのよ。あらー、どうしてかしら。あらー、なんでこうなるの」

昨日までいたはずの警官も、画面からすっかり姿を消している。

「いろいろなことをクリアしたからじゃないの。ファミコンのゲームってそうなのよ」

ファミコンの達人といった手つきで、ミユキは操作している。ヒロコがやっているときよりも、はるかにたくやはスムーズに動いていた。

「やっと隕石の場所にたどりついたわ」

そこには、隣家に住んでいる少年の兄弟がいた。そして未来からやってきた虫が出てきて、未来の世の中にはギーグという悪者がはびこり、それを倒すのは勇気のある少年だといわれる。

「わかったわ。そのギーグと対戦するのね。いつになったら出てくるのかしら」

ミユキは張り切っている。

「これから、ずーっとずーっと先よ」

マキコは煙草を吸いながら、ぽつりといった。

「そうかあ、ずーっと先かあ」

「そりゃそうよ。すぐ出会っちゃったらゲームにならないじゃない。そこにたどりつくまでに、試練がたくさんあるのよ」

「なるほどねえ」

ミユキは、たくやが隕石の落ちた場所で会った、隣の兄弟と虫を歩かせている。

「家とかさ、そういう場所に入っていくと、ヒントがあるんじゃないの」

マキコの言葉に従って、たくやを一軒の家の中に入らせ、そこで黄金の像を見させた。

「これ、なんの役に立つの？」

「わかんないけど、いちおうはやっといたほうがいいんじゃない」

「なるほど」

たくやが兄弟を連れて隣家に戻ったところで、たくやに未来の話をしてくれた虫は、隣家のおばさんに叩き落とされる。そして文字どおり虫の息のなかで、たくやにこれからのことを託し、音の石を渡して息絶えた。

「あら、死んじゃったわ」

「いいの、これでこの虫は役目を果たしたのよ」

「別に死んだからっていっても、たくやのパワーが減るわけじゃないのね」

「そういうことはないと思うよ」

翌朝、たくやが外に出ると、空から妙なおじさんが降りてきた。それは写真屋のおじさんで、たくやにカメラを向けた。するとなんの操作もしていないのに、たくやはにっこり笑ってピースサインを出した。それがとてもかわいい。たくやは町で会った女の子に、図書館で町の地図がもらえると教えてもらった。

「図書館、図書館」

ミユキはたくやを歩かせながら、図書館を探した。市役所、ホテル、ゲームセンターなどがある。

「あ、なんだ、こんなところにあった」

中に入って受付の女の人に話しかけると、地図をくれた。これまた新しい冒険のはじまりである。

「本当にキャラクターがかわいいねえ」

マキコはいった。

「これで第一段階は終わったね」

ミユキはコントローラーを置いた。

「これ、途中でやめるときはどうするの」

「パパと電話で話すと記録されるみたいよ」

ヒロコがいうと、ミユキはまたコントローラーを手に取り、たくやにパパと話させ、無事ここまでの記録をすることができた。おまけにパパはお小遣いを銀行に振り込んでくれた。

一段落した三人は、

「ふう」

とため息をついた。

「子供が夢中になるわけだね」

「よくできてるよね。途中でやめられなくなっちゃう」

時計を見るとすでに夜中の一時を回っていた。

「ええっ、もうこんな時間？」

三人は声を上げ、ミユキとヒロコはあわてて帰り支度をはじめた。ヒロコがテレビから接続コードを抜こうとすると、マキコに、

「そのまま、そのまま」

と押しとどめられた。

「どうせ、またやるんだから」

ヒロコは手をひっこめた。明日は三人ともやらなければならない仕事がある。

「まさかこんな時間になってるなんて……」

ミユキは何度も首をかしげた。

「私もやってて二、三時間はすぐにたっちゃってた」

ヒロコが靴を履きながらいうと、マキコが、

「いい大人がファミコンで徹夜したっていってたりするじゃない。どうしてなんだろうって思ってたけど、今日、初めてわかったわ。体力に自信があったら、一気にやりたいと思うものね」

といいながら見送りに出てきた。

「じゃあ、明日。また夜七時にここに集合ね」

ミユキが手を振った。

「ええっ」

ヒロコとマキコはびっくりして声を上げたが、それもまあ、仕方がないかと思いつつ、

「じゃあね」

といって別れたのであった。

翌日、三人は夜七時に集合した。もちろん最初は三人で台所に立ち、それぞれおかずを作った。相変わらずヒロコはどきどきしていた。テレビのお見合い番組を見ながら、

「やめたほうがいいよ、この男」

「でも必死なんだよ。もう年だし」

「でも女の人は、あの男の人のほうを気に入ってるみたいだよ」

などといいながら食事をした。ああだこうだといいながら、食事は九時前に終わった。

「さてと」

ミユキはファミコンのコントローラーをたぐり寄せた。それを見たマキコとヒロコは、

「あのね、実は」

と本を取り出した。それは出版元は違うが、全部「マザー2」の攻略本だった。

「私も買っちゃった」

ミユキもバッグから本を取り出したが、他の二人と同じ本ではなかった。

「これを見たら、ヒロコちゃんがやったところって、ほんの最初のところじゃないの。こんなところで手間取ってたら、全部が終わるまでに五十年はかかるわよ」

「うん、私もそう思う」

「いったい、どれくらいかかったの。あそこまで」

「うーん、三日かな」

「三日？　それは遅すぎるわ。私の買った本を見て。二十四時間でクリアっていう本よ」

「うーむ」

ヒロコは反省した。初めて買ったゲーム機に慣れず、おたおたしていたこともあるが、ミユキが指摘したように、生まれつきの方向音痴が災いして、たくやに同じところをぐるぐる回らせたりしていたのが原因だ。画面に現れるものすべてが何かのヒントになるのではないかと、チェックばかりをしていたからということもある。しかし攻略本があれば、たくやに無駄な動きをさせなくても済む。三人は手分け作戦でいくことにし、喧嘩が得意なミユキが操作、あとの二人は攻略本を広げて、サポートにまわった。

二人が本を開いて準備をしていると、ミユキはすでにコントローラーを動かしている。

「勝手にやらないで。たくやが無駄にエネルギーを使うことになるから」

マキコはいった。

「モンスターと戦わない限り、パワーは減らないんだから。私、こういうのって、ずんずんやらないと気が済まないのよ」

サポート隊は手に一冊ずつ攻略本を持ち、もう一冊をテーブルの上に置いて、準備万端、整った。

「お待たせしました。どうぞ！」

二人が同時にいうと、ミユキは、

「わっかりました」

と、たくやを動かした。

「地図はコントローラーのXボタンで表示されるからね。まず情報を入手しろって。

手当たりしだいに話しかければいいんじゃないの」

マキコは本に目を落とし続けている。

「『にくいカラス』や犬がくれるクッキーやバターロールは、それを食べるとたくやのパワーが増えるんだって。だからずっと持ってないで、モンスターと戦う前には、それを食べてパワーをつけたほうがいいみたい。どうしたら食べられるかわかる？」

「わかる、大丈夫」

「足りなくなったら、お父さんから振り込まれたお金を下ろして、バーガーショップで買ってね」

「了解」

「それとね、武器も必要なのよ。今はボロのバットしかないけど、戦っていくに従って、いらない物を売って、もっといい武器を買わなきゃならないの」

「武器はどこに売ってるの」

「えーと、ドラッグストアみたい」

マキコの指示は完璧だった。

「ふむ。で、これからの最初の目的は何？」

「森の中の隠れ家に行って、ミスターの帽子をもらうことよ。これはお金では買えない大切な物なの。わかった？」

「了解！」

たくやは、ちょこまかと速いスピードで歩きはじめた。

たくやがオネットの町を歩いていると、相変わらずひょこひょこと妙な奴らがへばりついてくる。逃げるモンスターもいるが、まだ向かってくる奴らがいるのだ。

「よおし、やったろじゃないか」

ミユキは身を乗り出した。それまでにたくやの経験値もパワーも増えているので、どんな相手でも圧勝だ。

「いいねえ、気持ちいいねえ」

あぐらをかいたミユキは上機嫌である。

「あなた、まるでおっさんみたいよ」

マキコが顔をしかめた。

「あら、そうかしらん」

ミユキはしなをつくって目をぱちぱちさせた。

「ただでさえ男に間違えられてきたんだから。若いうちはお兄ちゃんでいいけど、年をとったらおっさんに間違えられるんだからね」

マキコは諭した。

「若いのに、説教じみたことをいうねえ」

「だって本当のことだもの」

マキコはヒロコに向かって、

「この人、五年前に新幹線の中で、三時間も子供連れのお父さんと話していたのに、親切なお兄ちゃんだと思われてたのよ」

といった。子供がぐずっていたのをあやしてやり、東京駅で別れ際にお父さんに名刺を渡したら、彼がぎくっとした顔をした。そして、

「ごめんなさい。ずいぶん親切なお兄ちゃんだなと思っていたら、女の人だったんですね」

と恐縮されたというのだ。

「そういうこともあったわね」

ミユキは勝手にたくやを動かしている。ヒロコはマキコに、これまでどれだけミユ

キが男性に間違えられてきたかという話を聞いた。外国に行けば、「ミスター」と呼ばれ、チップをあげれば、「サンキュー　サー」と礼をいわれる。

「ひどいときなんか、くるぶしまでのコム　デ　ギャルソンのワンピースを着ていたのに、『サンキュー　サー』っていわれたのよ」

ミユキの言葉に二人はげらげらと笑った。

「まったく、世の中の人は、人の本質が見抜けないから困ったもんだよね」

そういいながら、ミユキの目は画面に注がれている。ヒロコなんぞ、地図を見ながらでも、たくやを動かせないというのに、ミユキはスムーズに彼を動かし、とうとう森の中の隠れ家に行き、ミスターの帽子を手に入れた。

「わかった、この帽子はとっても大切な帽子なのよ。お金では買えない、大切な物なの」

マキコは何度も何度も、「お金では買えない大切な物」とミユキに強調した。

「はいはい、わかった、わかった」

たくやはミスターの帽子にかぶり直し、またとことこと歩きはじめた。

「ねえ、今までかぶっていた帽子と、ミスターの帽子と、どこが違うのかしら」

サポート隊の二人が、赤い野球帽との違いを攻略本で調べてみたら、ミスターの帽子のほうには、えらが張ってひげの剃り痕《あと》が濃い、ミスターの似顔絵のエンブレムがついているのがわかって、大笑いした。

「これで大丈夫ね」

マキコは念願のミスターの帽子を手に入れて、満足そうだ。

「でも、まだあと、こんなにある」

ヒロコは攻略本の残りのページをつまんで、ため息をついた。

「これからどうすんの」

「シャーク団のフランクと対決よ。ゲーセンにいるらしいよ」

たくやは町を歩いている。

「戦闘の前には、パワーを満タンにしておいてよ。ドラッグストアで、食べ物や武器を調達してね」

「わかったってば」

たくやはふらふらと歩いている。「にくいカラス」や「おんしらずのいぬ」が、たくやの姿を見ると、ささっと逃げていくのに、たくやはわざと追いかけて、戦いを挑んでいる。

「逃げてるんだからさ、追いかけて喧嘩をしなくてもいいじゃない」

「そんなことよりも、先に進もうよ」

サポート隊がそういっても、ミユキはやめない。

「勝てる喧嘩なのに、みすみすそれを逃す手はないわよ。クッキーも手に入るし」

「向こうは必死に逃げてるじゃないの。あっ、何もしないで勝っちゃった……」

「ひっひっひ、あー気持ちいい」

たくやはカラスや犬を片っ端から追いかけ回して、喧嘩をふっかけている。

「ねえ、もうやめようよ」

「カツアゲ人生は、もうやめなよ」

サポート隊のいうことは聞き届けられず、たくやはとってもいけない子になっていた。「にくいカラス」がクッキーをくれた瞬間、画面に、

「もうきみは荷物がいっぱいのようだね」

と出た。あまりに欲張ってカツアゲしすぎたために、勝ったごほうびにもらったクッキーが、持てないくらいたくさんになってしまったのである。

「あっはっは」

サポート隊は腹を抱えて笑った。

「ほーら、欲張るからこんなことになるのよ」

「もったいない。結局は捨てることになるんだから、時間の無駄よ」

いいたい放題いって、ミユキを笑った。

「うるさいわね……」

サポート隊は、

「よくできてるわよね。欲張ったらいけないっていうことを、ちゃんと教えているのね」

「子供が遊ぶことを考えているから、そこここに気を遣ってるね」

と感心した。

「ふんっ。人生はそんなもんじゃないっていうことを、教えなくちゃだめなのよ。勝てるときはとことん勝っておく。これが現実よ」

ミユキは画面を見ながらいい放った。

「でも、逃げている相手を追いかけて、カツアゲっていうのもねえ」

「ああ、もう、わかった。うるさい、うるさい」

たくやはゲーセンに近付いていった。周辺には妙な奴らがうろうろしている。気をつけて歩いていたのに、たくやはスケートボーダーにつかまってしまった。ところがこいつは、一人だったはずなのに、途中から仲間を呼ぶという、卑怯な手を使った。

「ひどーい。一人なのに二人で襲うなんて、ひどいぞ」

マキコが叫んだ。あとからやってきた「おちょうしものキッド」はフラフープを回して攻撃してくる。

「たくや、がんばって」

サポート隊が応援しているというのに、ミユキは、

「たくやは強いのよ。こんな奴らなんかオートで簡単にやっつけてやる」

オート機能といって、たくやに武器を使わせず、すべて機械まかせの方法があるのだ。

「だめだよ、二人なんだから。ちゃんとやろうよ。ああ、ほら、たくやがどんどんやられていく」

マキコが叫んだ。見る見るうちにたくやのパワーの数値が減っていき、ゼロになっ

てしまった。

「たくやはたおれた」

画面に出た文字を見て、三人はどよーんとなった。そして画面がブルーに変わり、スポットライトを浴びた、半透明のかわいいたくやが映し出された。

「ああっ、たくやが死んじゃった！」

「青くなって透けてる……」

「………」

三人はしばらく黙っていた。ひどく悲しかった。

「どうしよう」

ミユキがコントローラーを手に振り向いた。

「ほら、見て」

マキコが指さした画面を見ると、もう一度、チャレンジするか否かを聞く表示が出ていた。それを見たミユキは、

「やります、やります、やりますよ！」

といって座り直した。

「パパに電話をして、今まで勝った分のお金を振り込んでもらって、それで武器を買うのよ」

マキコの指示に従い、たくやはお金を持ってドラッグストアに向かった。

ボロのバットをふつうのバットに買い換えた。

「強烈な武器はないのかしら」

あるのはバット、ヨーヨー、やすもののうでわ、かぜぐすりなどだ。

「やすもののうでわは高いけど、効果はあるのかしら」

サポート隊はあわてて調べた。

「うでわをすると防御率が5アップします。攻撃の武器とはちょっと違います。ふつうのバットですと、攻撃力が8アップします」

ヒロコは上官に報告するような口調になってしまった。

「なるほど」

うでわを買うのはやめた。

「ちゃんと食べ物も買ってよ。食べないとパワーにならないから」

マキコは攻略本をめくった。とりあえず、コーヒー、オレンジジュース、ポテトフライ、ハンバーガーを購入し、戦闘に備えた。ミユキはクッキーよりも、オレンジジュースやコーヒーのほうが、値段が安くてパワーがつくのを知って、

「どうして『にくいカラス』は、そんな役に立たないクッキーをくれたんだ」

と怒っていた。

装備を整えたたくやは、またゲーセンに向かって歩いていった。これまでの動物と違い、さすがに人間たちは手強《てごわ》かった。オートではなく、たくやは必死に戦ったが、何度も青く透けてしまった。

「くっそー」

そのたびに三人は下くちびるを噛んだ。

「絶対にやっつけてやる」

そして、やっとシャーク団のフランクを倒し、ロボットの「フランキースタイン2号」と対決することになった。これがまた、ものすごく手強い。

「たくや、がんばって」

サポート隊は両手を胸の前で組んで、勝つことを祈るばかりである。何度も何度も青く透けたあげく、とうとうたくやは憎き「フランキースタイン2号」を倒した。

「やったあ」

四十女三人は、思わずこぶしを天に突き上げ、大声で叫んだ。

「やった、やったあ」

「がんばった甲斐《かい》があったわ」

「ミユキちゃんも大変だったわねえ」

三人は口々にお互いをねぎらったあと、ふっと我に返った。

同時にため息をついた。

「はーっ」

「今、何時？」

時計を見たマキコが、

「三時」

と小声でいった。またやってしまったという感じであった。やっている最中は、テンションが上がっているが、終わると三人は虚脱感に襲われた。しかしそれでも、次が気になって、ゲームの誘惑から逃れられないのであった。

それからも三人は「マザー2」にのめり込んでいった。マキコが仕事で地方に行き、ヒロコの仕事が忙しくて、サポート隊がつかなくても、ミユキはマキコの留守にやってきて、攻略本を見ながら、たくやを動かしていた。

「す、すごいのよ」

深夜二時に電話をかけてきたので、何かと思ったら、たくやの頭にきのこがとりつくと、コントローラーでちゃんとした操作ができなくなる、と興奮しているのである。

「どうしてこんなことになるのか、わからないわ」

ヒロコは自分もその場に行ってみたい気持ちを抑え、うーっとうなりながら、ワープロのキーボードを叩いていた。

五日後、三人が揃《そろ》った。

「すごいよ、もう。ここまでいったんだから」

ミユキは攻略本のページをめくった。画面を見ると、いつの間にか眼鏡をかけた男の子と女の子がたくやの後ろにぴったりくっついて歩いている。

「かわいいじゃない。ぴったりくっついて歩いてる」

マキコはにこにこした。

「あっ、この子、ひろこちゃんでしょう？」

ヒロコはゲームをはじめる前に、この女の子に名前をつけたことを思い出した。

「最初っから名前がついているのかと思ったら、あなたがたくやとひろこってつけたのね」

ミユキはふふんと笑った。

「いいじゃん、別に」

ヒロコはそういいながら、画面に広がる沼地に目をやった。

「ここは魔境でねえ、やたらとげっぷをするモンスターがいるのよ」

攻略本の魔境地図のページには、「バナナ」「いのちのうどん」「ふしぎなキャンディ」の場所に、ボールペンで丸がつけてあった。これをゲットすると体力が回復したり、ステータスが上がったりするのだ。

「みんな強くてねえ。勝てないのよ」

ミユキはうんざりしたようにいう。

「たくやもずいぶん強くなったんだろうねえ」

マキコがいったので、ミユキはたくやの装備を表示した。

「ああっ、ミスターの帽子がないっ！」

サポート隊は大声を上げた。店では買えない、世界にひとつのミスターの帽子。それが装備から忽然《こつぜん》と消えている。

「どうしたのよ、ミスターの帽子」

マキコがミユキを問いつめた。ミユキは無言でコントローラーを動かしている。

「ねえ、どうしたっていってるのよ」

ヒロコも詰め寄った。それでもミユキは知らんぷりだ。

「ちゃんと答えなさいよ。あれはね、お金を出しても買えないんだよ。大切な物だったのに。いったいどこへやったの？」

マキコは真顔で怒った。ヒロコも怒った。ミスターの帽子をもらうまでに、大変な苦労をしたのだ。二人はミユキを責め続けた。

「うるさいなあ」

彼女は顔をしかめた。

「うるさいとは何よ！　どうしたのよ、ミスターの帽子！」

いつもはおとなしいマキコも、このときは必死の形相をしている。

「どこへやったの！」

サポート隊の突き上げにミユキは、

「うるさいったらうるさい。何よ、あんたたち、同じような背格好をしちゃって。文句いわないでよ」

と反撃した。

「生まれたらこうだったんだから、仕方がないじゃないよ」

「そうだ、そうだ」

「あんなもん、いらないから売ったわ」

「売ったあ？　なんてことするの。あれはね、お金では……」

「買えないっていうんでしょ。どんな物を使っても、戦闘に勝てばいいのよ、勝てば」

「勝てないじゃないよ」

「帽子のせいじゃない。敵が強すぎるの」

「でもミスターの帽子があったら、もっと楽かもしれないじゃない」

「そうだ、そうだ」

「本当にうるさい。見てなさいよ。意地でも勝ってやる」

そういってミユキはテレビ画面に近付いた。サポート隊は攻略本のページをめくりながら、これからはどこにもミスターの帽子をプレゼントしてくれるところを見つけられず、

「ないわあ」

と落胆した。

「意地でも勝ってやる」

ミユキはぶつぶついいながら、魔境のモンスターと戦った。

バトルを繰り返して数十分たったころ、武者修行に出ていた辮髪《べんぱつ》の少年が戻ってきた。そしてやっと、げっぷを繰り返すモンスター、ゲップーを退治したのである。

「ほーらごらん、勝ったじゃないの。あんなミスターの帽子なんか、いらないんだよ！」

ミユキはいい放った。

「そ、そんなことといったって、ねえ」

サポート隊はちょっとうじうじしながら、もうミスターの帽子はいらないのかもしれないと納得した。

たくやたちの戦いは終盤になった。最後の大物、ギーグと対決するには、たくやたちに重大な試練があった。戦うためには魂を売り、ロボットにならないといけないのだ。四人の子供たちは金属製のロボットになり、ぎこちなく動いていく。

「ああ、あんな姿になっちゃって」

人情家のマキコはすでに目をうるませている。ぎこちなく動く彼らに、ギーグの前座のモンスターたちが襲いかかり、何度もロボットは壊れた。

「ギーグと戦えるのかしら……」

サポート隊が心配していると、何度目かのチャレンジで前座は全部倒し、とうとうギーグが姿を現した。画面全体が赤い砂嵐のようになって渦巻いている。

「ひろこを最後まで生かしてね。これが重大なポイントよ」

しかしギーグは信じられないくらい強かった。次々と子供ロボットは倒れていく。戦いに敗れて、こてっと横たわっている彼らの姿を見ていると、どうしてこんなことにと、怒りがこみあげてくる。何度チャレンジしたことだろうか。武器を持った男の子たちはみな倒れ、ひろこちゃんだけが生き残った。彼女は私たちを助けて下さいと必死に祈りはじめる。するとこれまで、ゲームの中でたくやたちと関わってきた人々が、胸騒ぎがすると祈ってくれる。悪者まで改心して祈ってくれた。そしてみんなで一生懸命祈り続けると、力で襲いかかるギーグも、とうとう戦いに負けて姿を消したのだ。

「勝った……」

その瞬間、三人は放心状態でつぶやいた。そのとたん目からぽろりと涙が出そうになった。

「武力じゃなくて、みんなの祈りで勝つっていうのが、泣かせるじゃないの」

マキコは鼻をぐずぐずさせた。

「なんだか、感激しちゃった」

ミユキはつぶやいた。画面では人間に戻ったたくやたちが、かわいい姿で歩いている。

「ゲームってすごいね」

子供たちが没頭するのがわかった。ヒロコが最近、見聞きしたもののなかで、これは傑作の部類に入る作品だった。

時計は四時半になっていた。

「そろそろ夜が明けるね」

ヒロコがつぶやいた。お互い顔を見ながら、

「ぼっろぼろだよ」

「あんただってそうよ」

といい合った。

「あたしたちって、ばか？」

誰かがつぶやいたが、反応はなかった。

朦朧《もうろう》としながら一同は別れた。そしてその日から三日間、三人は揃いも揃って、寝込んだのだった。

トラブル食堂

「あーあ、つまんない」

これが、ミユキの最近の口癖である。仕事でいやなことが重なっているようで、マキコの家に集まって、晩御飯を食べ、酒を飲みはじめると、この言葉が出るのである。最初のころは、ヒロコもマキコも、

「どうしたの」

と聞いたりしていたのだが、あまりに何回もいうので面倒くさくなり、ミユキが、

「つまんない」

といいはじめると、二人して聞こえないふりをするようになった。

「ねえ、聞いてる？」

二人が黙っていると、ミユキはいう。

「うん、聞いてるよ」

と返事はするものの、ビデオを見ながら、二人は、

「沢村貞子も若いねえ」

「そうだねえ、原節子も若い」

などと、女優の若かりしころの姿を見ながら、話し込む。

「ねえ、聞いてる？」

「うん、聞いてる、聞いてる。この旦那さん役の人、知らないわ」

「そうね、途中で消えちゃったのかもしれないね」

明らかに無視されているとわかったミユキは、ぷいっと横を向き、

「いいよ、いいよ、もう。うちのアシスタントと同じように、あんたたちも私を無視するのね」

といじけた。

「無視なんかしてないよ」

「うん、ぜーんぜん、無視なんかしてない」

二人はそういいながら、目は画面に釘付けだった。

「何これ、つまんない。アキ・カウリスマキはないの」

そういわれたマキコは、

「うちにはないよ。駅前のレンタル屋にはあるけど」

とそっけなくいった。

すでにミユキは赤ワインを一本、空けようとしていた。

「このワインおいしいよ」

「ふーん」

マキコがちらりと見ると、ラベルが裸婦のデッサンになっている。

「珍しいラベルね」

イラストレーターらしく、裸婦のラベルにはちょっと興味を示したが、また画面に見入った。

「ねえねえ、みんなでお話ししようよ。ビデオはいつでも見られるじゃない」

グラスを持って、ミユキがすり寄ってきた。

「うん、あと十分くらいで終わるから」

ヒロコがそういうと、

「いいじゃん、あとにすれば」

とミユキは不機嫌そうにいった。

「あともう少しだから、待ってなさいっていうの」

マキコがたしなめると、ミユキが声を荒らげた。

「何よ、私、このビデオよりも関心を持たれてないわけ？　今の私は今しかいないのよ。ビデオなんて、あとで百万回見られるじゃないよお」

それはもっともな話である。ヒロコもマキコも十分わかっている。あと一時間待てといっているのではない。たったの十分なのだが、それがミユキは待てないのであった。

マキコは突然、ぶちっとビデオのリモコンのスイッチを切った。そしてミユキのほうに向き直り、

「じゃ、お話をお伺いしましょうか」

といって、じーっとミユキの顔を見つめた。マキコはふだんはおっとりとしているのだが、実は短気であった。堪忍袋の緒が切れてしまったのかもしれないと、ヒロコはどきどきした。

「あら、やだん。そんなにあらたまられると、照れるじゃやない。ちょっとだけお話ししようかなって思っただけだから。えへへ」

そういってミユキは照れ笑いをし、ワインをひと口飲んだ。

「それでですね」

ミユキは話しはじめた。

「いつまで仕事をやらなきゃならないのかしらって、最近、すごく考えるの」

とつぶやいた。

「ふむ」

マキコとヒロコは殻つきのピーナッツをむきながら、相槌《あいづち》を打った。

「あなたたちは、まだ私よりも若いからいいけど、私なんかあと六年で五十よ。五十なんて、昔だったら人生が終わってたんだから。今の仕事を、ずーっと一般企業の定年になる年までやりたいとは思わないし。いったいどうしたもんかと、このごろ特に考えるのよ。かっこいいように思われるけど、人間関係や化粧品会社とのいざこざもあったりして、疲れるのよ。おまけにアシスタントには、物のいい方から教えなくちゃならないし。体も神経もがたがただわ」

ヘルムート・ラングの服を着て、将来について悩んでいる顔は真剣だった。

ミユキは高校時代、頭はきれるが反抗的な生徒だった。勉強をやればできるのに、ふてくされてやらなかったので、一年、ダブった。

「女の子が落第するなんて。いったいどういうことね」

ミユキは母が悲しそうな顔をしたことを、今でも覚えている。その母は今は八十五歳で、寝たきりになり、ミユキの姉夫婦に世話をしてもらっている。

一年下の後輩と同学年になったミユキは、通常は男子生徒が務める生徒会長に推され、副会長の男子生徒を従えて、学校側からの押しつけの行事ではなく、生徒の自主的な行事を企画していきたいと、学校側にかけあって成功させた。絵を描くのが上手だったので芸大を受験したが、失敗。別の大学の英文科に入学したが、ものすごくつまらないので前期で中退し、山小屋で暮らしたり、美容学校に入学してみたりと、いろいろなことをして、たまたま人の紹介でヘアメイクの勉強をはじめて、今に至っているのである。

仕事を持ってからの彼女は、人のいいところにつけ込まれ、金銭面で苦労が絶えなかった。それも、収入がそれほどでもなかったときは誰もすり寄ってこないのに、どんどんと仕事が来るようになってから、よからぬ人間も集まってきた。

「ちょっと生活が大変だから、二十万円、貸してくれないかな」

といわれて貸すと、次も知らんぷりして、また借金の無心をしてくる年上の女。彼女には子供の学校の教材費まで払わされた。ミユキに嫉妬《しっと》をして、あらぬ噂をたてて仕事を妨害しようとする者などがいて、順風満帆ではなかった。ミユキにとりついてきた同業者たちは、その後、姿を消した。上昇志向もなく、人を嫉妬したり貶《おとし》めたりせずに、淡々と仕事をしてきた彼女が残ったのである。

「そうじゃなくちゃ、世の中うそよね」

マキコとヒロコは顔を見合わせた。

「今だって悩みはあるわよ。この間、アシスタントの子が珍しく本を読んでたの。何かなって思ったら、『困った人に困らされない本』だったのね。そして次の日、事務所に行ってみたら、デスクの女の子も、ふだん本なんか読む子じゃないのに、同じ本を読んでるのよ。社員二人がよりによって、こんな本を読んでるの。どういうこと？」

マキコとヒロコは、

「二人にとって、共通の困った人が、身近にいるってことよねえ」

と、くくくっと笑った。

「本当に、どいつもこいつも」

ミユキはワインを一本、空けてしまった。

「終わっちゃった……」

そういいながらミユキは、台所に入っていった。

「私たちも、思い出してみると、いろいろあったよね」

「そうねえ。ふだんは忘れているけどね」

マキコの言葉にヒロコはうなずいた。

マキコは学校を卒業してから、会社の広告部に就職した。絵は子供のころから上手だったが、絵を描いて生活をしようなどとは思っていなかった。ところがその会社の業績が傾いてきて、広告部へのしめつけが厳しくなり、

「きみはまだ若いんだから、他に就職口はあるだろう」

というようなことを上司にいわれていた。仕事で知り合った、有名なイラストレーターがアシスタントを探していたので、その事務所に移ったのである。彼はとてもいい人ではあったが、女癖がすこぶる悪く、次から次へとつき合う女性が替わっていた。しかしマキコには手を出したことはなく、仕事をきちんと教えてくれ、マキコが世に

出る道筋をつけてくれた。彼の美しい妻からも、マキコは信頼されていたが、だんだん彼女には困らされるようになった。夫の女癖にきりきりしていた妻は、

「今、どんな女性とつき合っているのか、どんな女性が事務所に出入りしているのか、マキちゃん、全部、教えてね。全部よ」

といった。彼はけじめがなく、つき合っている女性たちがいれかわりたちかわりやってきた。水商売の女性もいたし、女子大生もいた。たしかにマキコはいろいろなことを知っていた。しかしそれを逐一、彼の妻に報告するのはとてもためらわれた。事務所には仕事に来ているのであって、スパイをしているわけではなかった。

ある日、二人で事務所で仕事をしていると、

「バーン」

とものすごい勢いでドアが開いた。マキコが驚いて入り口を見ると、シャネルスーツを着て、ケリーバッグを持った妻がものすごい形相で立っていた。

「…………」

マキコが声も出せずに、思わず彼のほうを見ると、椅子に座ったまま、顔を妻のほうに向けて固まっている。妻はハイヒールの音をたてながら、夫のところに歩み寄り、

「あんたのせいよ！」

と怒鳴りながら、ケリーバッグで何度も夫の頭を殴りつけた。外縫いの角が彼の頭に何度もぶち当たり、

「あたたた」

といいながら、彼は両手で頭を隠し、机の下にもぐり込んだ。

最初は驚いたものの、マキコはまるでドラマを見ているような気分になって、目の前で繰り広げられている現実を、ぼーっと眺めていた。妻は、子供が入試に失敗したのは、あんたが悪いと、かん高い声で罵《ののし》った。そういえば、ひと月ほど前に彼から、子供の小学校の入試があるというようなことを聞いた覚えがあった。

(そうか、落ちたのか)

とマキコはつぶやいた。

「あの子の人生をどうしてくれんのよ！」

そういいながら妻は、机の下に隠れた夫を何度も蹴っ飛ばした。

「ちょ、ちょっと待て、ちょっと待て」

両手で顔をガードしながら、彼はのそのそと出てきて、

「あっちで話し合おう」

と事務所のついたての奥にある、打ち合わせのコーナーを震える手で指さした。

「悪いけど、ケーキでも買ってきて」

そういいながら彼は、ポケットから五千円札を出した。

マキコがケーキを買って事務所に戻ると、妻の姿はなかった。彼はソファに座って、ぼーっと煙草を吸っていた。

「あの、ケーキ」

そういうと、

「ああ、それ。せっかく買ってきてもらったけど、食べちゃっていいよ」

といわれた。マキコは三個のケーキを家に持って帰り、母と弟とで食べた。

それからマキコへの仕事の依頼も徐々に多くなり、彼も仕事をまわしてくれるようになって、マキコは独立した。半年くらいして、彼が離婚したことを知り、またその二か月後に、再婚したことを知った。マキコが知らない女性であった。そしてそれから、二十年近く、マキコはイラストレーターとしてやってきたのであった。

「私たちだって、将来のことを考えるよね」

マキコとヒロコはうなずいた。外に出て仕事をし、美的センスと体力が必要なヘアメイクの仕事よりも、座業のイラストレーターや物書きの仕事のほうが、長くできそうな気はするが、やはり働き盛りという年代はある。たしかに二人は四十前後だが、確実に年をとるのは間違いない。

「イラストだって、はやりはあるから。それに乗っていいんだか悪いんだか、迷うことがあるの」

マキコはいった。

「自分のスタンスは変えちゃいけないんだけど、それほど自分の引き出しが多いとは思えないし。いつか仕事が来なくなる日が来るんだろうなって思うことがあるわ」

ヒロコが黙って聞いていると、台所から、がらがらと氷を出す音が聞こえてきた。

「ちょっと、何やってるの」

マキコが叫んだ。

「ワインがなくなっちゃったからぁ」

「いったい何をやらかすのよ」

マキコはあわてて台所に走った。

「また、フローズン・マルガリータを作ろうとしてる。あなた、この間うちで作って、ミキサーを壊したでしょう。刃がぼろぼろになっちゃって。やっと刃を替えてもらったんだから」

「あ、それで。ずいぶん、ミキサーの刃がぴかぴかしてるなって思った」

「人の家に来て、いろんな物を壊すんだから」

「壊してなんかないじゃない」

「壊したわよ。バカラのグラスに、このミキサーに……」

「バカラはマイグラスだもん。あなたのじゃないじゃないよ」

「私のじゃなくても、掃除するのは私なの」

「まあ、そりゃ、そうだ……」

ミユキの声は、

「ガーッ」

という大きな音にかき消された。

「全くもう」

マキコはぶつぶついいながら戻ってきた。しばらくしてミユキが、お盆に三つのコ

ップを載せて、

「おいしいよ、フローズン・マルガリータ」

といいながら二人の目の前に置いてくれた。

「はいはい、ありがと」

酒が苦手なマキコとヒロコは、ちびちびとなめはじめた。冷たくて喉《のど》ごしがよく、酒を飲んでいるという感じがしないのが、恐ろしい。おいしいけれど、深入りはできない飲み物である。

「でね、さっきの続きだけどね」

ミユキの声を合図に、

「ふむふむ」

と他の二人はまたピーナッツをむきはじめた。

「更年期の症状も出てるし、車を運転していると、じとーっと汗をかいてくるの。この間も仕事に行く途中で、このままスタジオに着けるか、心配になっちゃった」

高速道路は怖くて走れなくなったんだそうである。

「アシスタントに運転してもらえばいいじゃない」

ヒロコがいうと、

「運転が下手でねえ。助手席に乗っても汗が出るのよ」

と辛《つら》そうな顔をした。

「向こうも困ってるかもしれないしね」

マキコがいうと、ミユキは、

「ちょっと、私、その、困るっていう言葉に敏感になってるんだから、やめてよね」

と真顔でいった。

「ああ、世の中からリタイアしたい。仕事やめたい。流行、流行っていう仕事はもう疲れた」

そういいながら、ミユキはテーブルの上に突っ伏した。

「やめたいよ。私たちだって。それで生活が成り立てば」

ヒロコはいった。今のような仕事の数を、五十歳を過ぎてもこなせるとは、とてもじゃないけど思っていない。今はなんとかやっていけてるけれど、仕事がぱたっと途絶えることだって大いにありうる。三人ともそうだが、若いころから、今の職業に就くことをめざして、やってきたわけではない。たまたまこうなっちゃったというほうが強い。だから、がんばってきた人のパワーに圧倒されることが多いのである。

「人を押しのけてまでがんばれるっていう人、好きじゃないけど、感心することはあるわ」

マキコがいった。ヒロコも同感だった。とにかく少しでも人の前に出て目立って、めざすものを獲得しようとする人。ミユキもマキコもヒロコも、そういうタイプとは全く逆の性格であった。だからそれぞれの業種で、そういう人々を見ると、呆《あき》れながら感心した。たまにそういう人の行動に巻き込まれたりすることがあって、ひどく迷惑であった。嫉妬、中傷。自分たちは淡々と仕事をしているのに、周囲があれこれと騒ぐ。

「面倒くさいわよねえ」

三人は同時にうなずいた。

「うなずいてばかりじゃ、何事も起こらないわ」

ミユキは顔を上げた。

「何か三人で、できることはないかしら」

マキコとヒロコは顔を見合わせて、首をかしげた。そういわれても、他に何ができるかといわれたら、世の中に認められる資格も持ってないし、できることなど何もない。

「飲食関係って、いいと思わない？」

ミユキが目を輝かせた。

「飲食店？」

ヒロコは聞き返した。

「そうよ。それがいちばんいいわよ。料理を作るんだったら自信があるし、夜はお酒やワインを出したりして。感じのいい店がいいわよ。いいなあ、ねえ、いいじゃない。だいたい二、三千万円あれば、なんとかなるんじゃないかしら」

ミユキは話しているうちに気分がますます乗ってきたのか、身を乗り出した。

「何をいい出すのかと思ったら」

マキコは呆れている。

「いい考えじゃないの。この仕事は、そうねえ、やってもあと五年かな。十年もやる気はないわ。でも食べていかなくちゃいけないでしょ。それだったら飲食店がいちばんいいわよ。私、アルバイトで毎日何十人もの料理を作ったこともあるし。ねっ、やろうよ、やろうよ」

一人で盛り上がっているミユキを、マキコとヒロコは冷ややかな目で見ていた。

「どうしたの？　いやなの」

「別にいやとかいやじゃないとかっていうことじゃないけどさ」

「じゃあ、いいじゃない」

「だけど私たち、そんなにすぐ、仕事をやめる気はないもん」

ヒロコはいった。

「そんなことをいってるのも、今のうちだよ」

ミユキはいった。

「いつまでも自分を若いと思ってちゃいけないよ。私くらいの年になったら、仕事をやめたくなって、将来のことについて考えたくなるんだから」

「若いなんて思ってないわよ。私だってもうすぐ四十だもん。だけど転職って大変だしねえ」

マキコは淡々と話した。

「私よりもあなたたちの仕事のほうが、年をとってもできるのはたしかだわね。絵だって文章だって、おばあさんになってもできるもの」

座業ではなく、重いヘアメイクの道具を持って仕事をするのは、年をとるにつれて大変になっていくだろう。ヒロコはふだんは化粧をしないので、持っているのも化粧水と乳液くらいのもので、いちばん最初にミユキと会ったとき、引っ越しではないかと思うくらいの大荷物を持ってきたので、びっくりした。移動は車だったが、キャスターつきのバッグと、大きなショルダーバッグいっぱいに、ヒロコ一人をメイクするためのヘアメイク道具が詰まっていた。腰痛になる人が多いというのもうなずける話であった。ミユキが、

「やってもあと五年」

といった言葉を理解できないわけではなかった。しかしそれに自分が巻き込まれることを考えると、二の足を踏んだ。

「やりたければ自分でやれば。協力できることはするけど、どうして三人でなきゃだめなの」

ヒロコがいうと、ミユキは、

「あなたって、本当に鉈《なた》切りするのね。せっかく三人で、年をとってもできる仕事を

はじめようっていうアイディアを出しているのに、それはないんじゃないの」

と切なそうな声を出した。

「この人、寂しがりやだからね。一人で御飯を食べるのは嫌いだし」

マキコがいうとミユキは、

「何いってるのよ。そんなことないわよ」

と煙草に火をつけた。

「物を書く仕事は死ぬまでできるから、年をとって転職なんて考えてないでしょう」

そういわれたヒロコは、

「まあね。でも今よりもましな仕事が見つかったら、転職してもいいとは思ってるわよ。でも資格もないし、何ができるかもわからないし。だいたい、飲食店っていったら、料理がからんでくるんでしょ。私はだめよ。私は、料理はぜーんぜんだめなんだから」

ヒロコは逃げ腰だった。自分が人のために、それもお金をとって料理を出すなど考えられない。自分が自分のために作った料理でさえ、

「げーっ」

となることがあるくらいだ。

「調理って重労働なんじゃないの。ミユキちゃんが五十からはじめたって、せいぜいできるのは十年だよ。そんなこと考えてもしょうがないじゃない」

「最初は自分たちでやらなきゃならないけど、体がきかなくなったら、オーナーになって経営に専念するの」

ミユキとヒロコのやりとりを聞いていたマキコが、

「たとえばそれがうまくいったとしても、私たちがそれで満足する性格だと思う？　人に稼いでもらって、上前をはねる。そういう性分だったら、若いころからそういう道を歩いているわよ」

という。

「そうよねえ」

ミユキもうなずいた。もともと働き者というか貧乏性というか、人を利用してお金を稼ぐという感覚は三人とも全くなかった。組織でトップにいようという考えもない。何もしないでお金が入ってくるのは、それは理想だったが、自分のかわりに誰かに働かせて、それを吸い上げるという感覚ではない。田舎の清水みたいに、次々とお金が湧《わ》いて出てくれたらいいなという、現実にないことを夢見ているにすぎないのである。

「じゃあ、飲み屋はどう？　二人とも飲まないから、飲み屋ってベストなのよ。だいたいああいう店は客に飲ませていくらになるかっていう商売だからね。オーナー自ら、じゃんじゃん飲んじゃいけないから、酒好きじゃないほうがいい」

「でもさあ、若い女の子がいるなら別だけど。おばさんが飲み屋をやったって、お客さんなんか来ないわよ」

「女を武器にするとか、そういう方向じゃない方向でいけばいいのよ。若い女目当ての人は別のところに行って、そうじゃない人に来てもらえばいいのよ。わかってくれる人にはわかる」

「それはそうだけどさ、世の中にわかってくれる人ってどれくらいいると思う？　それはある種のマニアじゃないの」

「マニアじゃない人はいるわよ！　男だけじゃなくて、女にも来てもらえるようにすればいいのよ。男の人が対象っていうよりも、女の人が気軽に飲めるような飲み屋があればいいわよ。それだったら年をとったってできるし」

それも一理ある。

「飲み屋だったら小さいスペースでもいいわね」

ミユキはきょろきょろとマキコの部屋の中を見回した。

「リビングの半分くらいのスペースでも十分だし。いいねえ、いいねえ、女の人が気軽に来られる飲み屋、いいねえ」

それを聞いたマキコは、大あくびをしてソファにごろりと横になり、

「そういうことを考えているときが、いちばん楽しいのよ。本当にやることになったら、面倒くさいことが山のように出てきて、大変なことになるよ」

「そうだよね、あれこれ想像しているときがいちばん楽しい、楽しい。なんでもそうだ」

ヒロコもごろりと床に寝転んだ。

「たるんでるわよ、あなたたち。想像じゃないのよ。私は本気」

ミユキは力を込めた。

「あーそー」

ヒロコとマキコはまるで乗り気ではなかった。

マキコは将来について、それは老後と同じ意味であるが、ほとんど考えたことはな

かった。ただ年をとったときに、田舎で暮らしたいという思いはあった。仕事のことも考えたことはない。そういえば、そのとき、どうやって生活費を得るんだろうかと考えたが、

「どうせ年寄りは山のように食べるわけではないし、自給自足でなんとかなるだろう」

くらいにしか思っていなかった。これから仕事が来なくなるかもしれないとも思う。だからといって、そのためにマンションを買うとか、人生に保険をかけることはなかった。

ヒロコももちろん、仕事が来なくなるかもしれないと思うことはある。だからといってそのために貯蓄に励むとか、不動産に関心を持つことはなかった。マキコもヒロコも、自分が住むための家を買う気などなかった。二人とも親のために家を建てたが、それは、親が住むための家であって、自分が住むための家ではない。とにかく日本で不動産に執着するのは、なんだかばかばかしくて、

「老後はそのときになったら考える」

のがモットーだった。

知り合いには、マンションを買い、貯蓄をするなどという人生の保険をやたらとかけ、そのために毎月、かつかつの生活をしている人もいる。禁欲、禁欲の毎日である。

「ああいう人って人生が楽しいのかしら」

三人はよくそういっていた。おいしい物も食べず、ただ安いからといって、粗食ばかりで耐えている。服も買わない。趣味も金がかかるからというので持っていない。

「ああいう人って、老後のことを考えて、我慢しているわけでしょ。でもさ、老後がなかったらどうするんだろうね」

ヒロコはそういった。刹那《せつな》主義ではないが、どうしてあんなに耐乏生活をしなければならないのか、わからないのである。人間の運命なんて、どうなるかわからない。彼らは自分の老後があると思っているが、もしかしたら、老後を迎える前に、この世からいなくなってしまうということも、十分考えられるではないか。

「そうなったら、この世に未練を残して、化けて出るんだよ、きっと」

「やだなあ、そういうの。迷惑だよね。亡くなるときも、すかっと亡くなってほしいよね」

「そういうタイプほど、執着があるからだめなのよ」

「わかんないなあ、そういう気持ち」

マキコとヒロコが話していると、ミユキはうなずきながら、こういったものだった。

「人生はアリとキリギリスなのよ。それが童話どおりにいくか、そうじゃないのか。それが面白いところでね」

最後にならないと、どちらが、

「ほーら、いわんこっちゃない」

といわれる立場になるかどうかわからない。生き方は人それぞれであるが、ああいう保険だらけの人生は送れないという部分で、一致していた。

「私が提案してるのは、遊びなのよ。それでお金をたくさん儲けようとか、事業を拡大しようとか、そういうことをもくろんでいるんじゃないの。わかってる？」

ミユキはいった。

「わかってる、わかってる」

マキコとヒロコは寝転がったまま、面倒くさそうにうなずいた。

「どう、この話」

飲食店経営の話は続く。

「飲み屋ねえ」

ヒロコは難色を示した。

「あなたは飲まないからぴったりよ。話だって面白いし。向いてると思うけど」

「飲み屋って昼と夜が逆でしょ。私、早寝早起きだから、できない」

きっぱりといわれたミユキは、

「あら、やだ」

といったまま黙ってしまった。

「それに、ミユキちゃんは飲み屋をやったとしても、お客とすぐ喧嘩して追い払ったりするよ、きっと。『お前なんかに飲ませる酒はない。とっとと出ていけ』なんていっちゃって」

マキコは相変わらず淡々としている。

「うるさい。昔っから酒に喧嘩はつきものなの。そんなことを気にしてたら、飲み屋なんかできないよ」

「そういうのって、古くない」

「古い？　古いって何よ」

ミユキは気色《けしき》ばんだ。

「団塊の世代の人ってさ、飲むとすぐ議論をしたがるじゃない。よくわからないわ、ああいうの」

「そうそう、側《はた》で聞いてると、たいしたことといってないのよね。でもプライドは高い」

「ちょっと、あなたたち」

ミユキは座り直した。

「私を団塊の世代の奴らと一緒にしないでちょうだい。全く違うんだから。あの人たちと私は違うの。腹が立つわ、そんなこといわれたら」

「だって同じように見えるもーん」

「違うの。団塊の世代は五十歳過ぎ。私はまだそんな年じゃないの」

「あーそー」

むっとしたらしいミユキは、鼻息を荒くして、

「ワイン飲んじゃう!」

と叫んだ。

「飲み屋ははんたーい」

マキコはのんびりといった。

「わたしも。ぜったいにできなーい」

ヒロコもだらーっとした声でいった。

「やだね、本当に。そんなことじゃ、世の中渡っていけないよ」

ミユキは横目で二人をにらんでいる。

「食堂だったらやってもいいいな」

マキコがぽつりといった。

「食堂ねえ。そう、レストランじゃなくて、食堂ならいいね。店の前に紺地に白で染め抜いたのれんがかかってて、テーブル席がいくつかあって。木枠のガラス戸をがらがらって開けて入っていくの」

料理が苦手なヒロコの気持ちも、食堂という懐かしい響きでちょっと盛り上がった。

「いいね、いいね」

ミユキは手を叩いている。

「そうなったらまず、食堂の名前だね。どういうのがいいかなあ。ほら、あなた、いちおう物書きなんだから、何か考えなさいよ」

そういわれたヒロコは、とっさに、

「トラブル食堂」

といってしまった。

「トラブル食堂？」

ミユキとマキコは同時に声を出し、そのあと笑いはじめた。

「どうして『トラブル』なの？」

「だって、私たちが三人でやったら、絶対にトラブルが起きるもの。『あんたのそういうやり方は悪い』とか『うるさい、ほっといて』とか、厨房の中で揉《も》めるに決まってるもん。おまけに私が料理を作ったら、これも絶対に客とトラブルになると思うし……」

ヒロコはもしもこれが実現したら、どうしたらいいだろうかと、本気で考えていた。料理が下手な自分は、厨房に入るべきではない。中学一年生のとき、家族のために作ったマッシュポテトと挽肉を層にして焼いた料理が不評で、余ってしまった。それを飼い猫にやってみたら、フンッと軽く無視された。それだけではなく、猫がそれで団子を作り、ベランダで遊んでいるのを見て、がっくりした覚えがある。猫にさえも嫌われる料理しか作れない。それがヒロコのトラウマになっているのだ。

「トラブル食堂、いいよ、いいよ」

ミユキはそばにあった紙に、サインペンで店の外観図を描き、「トラブル食堂」と染め抜いたのれんを描き加えた。その絵をのぞき込んだマキコは、

「名前自体はいいけど、お客さんは来るのかしら」

「来るわよ、場所しだいだけど。みんな面白がって来るよ」

「こういう古い店舗があるといいわよね。今まではあさんが一人で店をやってましたが、この間、死にましたっていうような物件」

「下町にはありそうだね」

「昔からお店屋さんごっこって好きだったの」

マキコは目を輝かせた。

「それにしちゃ、さっきまで全然、乗り気じゃなかったじゃない」

「食堂が頭に浮かんできてから、ちょっと楽しくなってきちゃった。次に来てもらうためにも、スタンプカードなんか作っちゃって、来てくれたら、食べた金額に応じて、

ハンコを押すの。それでいっぱいになったら、ただで食べられるっていうのはどう」

「いいね、いいね、それもいいね」

調理は重労働だということを、ころっと忘れたミユキとマキコが楽しそうに話している横から、ヒロコが、

「ねえ、三人で料理を作るの？」

とおそるおそる聞いた。

「みんな、連日、働くのは辛いから、交替制がいいわよ。メニューだって二品くらいで、味はよく値段は安い。品切れになったら店じまい。それだったらそれほど体はきつくないと思うけど。だから三人で曜日を決めればいいのよ」

「……二人はいいけど、私、料理は下手だもん。私が作るときだけ、お客さんが来ない。まずい日にわざわざ来る客なんていないよ」

ヒロコはひどく落胆していた。

「それはさ、きちんとローテーションを組むとわかるから、誰かが二日連続で出たり、誰が料理を作るかわからないように、めちゃくちゃにするとわからないわよ」

「そうそう、それに、一度、トラブル食堂の戸をがらっと開けたら、満席でない限り、

必ず食べていかなきゃいけないという、ルールを作る」

「客がやってきて、がらっと戸を開けて、『おっ、今日は大ラッキー』とか『あちゃー、あのおばちゃんが作ってる』っていうふうになるわけね」

ヒロコがしょげると、マキコが慰めた。

「平気、平気。あなたが作る日は、ハンコを倍押しするサービスをすればいいんだもの」

「まずいのを我慢して、ハンコ倍押し……」

「そうそう、あなただって別に死ぬような物を作るわけじゃないんだから、大丈夫。そこそこのお金を取っている店でも、ひどい物を出しているところがあるわよ。そんなに気にすることないわよ」

三人はトラブル食堂で、異様な盛り上がりを見せた。ミユキなどは本気で考え、不動産情報誌を買ってきて、適当な店舗がないかを探したりしていた。この話は本当になるのかと、ヒロコはうれしいような、不安なような不思議な気持ちになっていた。トラブル食堂の、愛想はいいけど料理の下手なおばちゃんも悪くないと思いはじめていた。

二週間ほどして、ミユキから電話がかかってきて、新しい企画が進行しているという。彼女がつねづね考えていた、ぜひ一緒に仕事をしたいと思っていた人たちとの仕事だ。

「打ち合わせをしたんだけど、ただその場所にいるだけっていう人が一人もいないの。みんなやる気があって、センスも性格もいいのよ。もちろん頭もいいし。これから少し大変になるけど、がんばらなくちゃ」

「それはよかったね」

といってヒロコは電話を切った。

ヒロコはマキコに、ミユキから電話がかかってきたかと聞いた。

「うん、きたよ」

二人はしばらく黙っていた。そして、

「やりたかったなあ、トラブル食堂」

「ハンコ、倍押しだぞ」

といいながら、思い出し笑いをした。

取りたい免許

ミユキは運転免許を持っているが、マキコとヒロコは持っていない。

「私だって学生時代じゃなくて必要に迫られて三十になって取ったから、運転をはじめたのは遅いのよ。運動部に入っていたわけでもないし、体育なんて嫌いだし、運転は運動神経と関係ないと思うわ」

ミユキはそういうが、ヒロコはミユキとマキコと、その他の友人とスキーに行ったときのことを思い出した。ヒロコは初めてだったので、必死にみんなのあとをついていっているだけだったが、ミユキはすいすいと華麗なフォームで、コブがあちこちにある難コースを滑り降りてきた。

「スキー部にいたの？」

といいたくなるような滑りであった。マキコは、

「体を動かすの、嫌い」

といっているだけあって、運動は一切やらない。

一方、ヒロコは中学生時代、卓球部の部長であった。背が低くて小回りがきくので、小技で勝負していた。が、テクニック不足で、東京都区内の大会でも、団体戦の一回戦は勝つが、二回戦では必ず負ける程度の実力しかなかった。しかし、当時の運動部には欠かせなかったうさぎ跳び、素振り千回、ランニングなど、めちゃくちゃ体は使った。まあ人並みに体は動かせると思っていた。それでも免許を取る気にはならなかったのである。

ヒロコは子供のころ、車に酔いやすい質《たち》だった。遠足のときにバスの前の席に座らされるほどではなかったが、普通の乗用車に乗ると、気分が悪くなった。最近は全くといっていいくらいそういうことはなくなったが、三十代の半ばまでは、急カーブの連続で揺すられると、ぐったりしていたものだった。だから車に乗るのが好きというよりも、苦手なほうだったので、関心がなかったんだと思う。マキコはそういった経験は一切なく、

「船にも車にも酔ったことがないの」

という。

「私だって酔いやすいのよ」

ミユキはいった。車を運転している人が、みな乗り物酔いをしないわけではなく、酔う人も運転しているらしい。

「自分で運転してると平気なのよ。人の運転する車に乗ると酔うことがあるわ。それも人によるんだけど」

自分で運転している人でも、Aさんの運転は平気だが、Bさんの運転だとすぐに酔うということがあるというのだ。

「あーそー」

ヒロコは間抜けな声を出した。

「どうしたの、免許に興味があるの？」

ミユキはにやっと笑った。

「うん、まあ……」

「マキコちゃんは教習所に行くっていってたよ。一緒に行けばいいのに」

「えっ、ほんと」

びっくりして聞くと、マキコはうなずいた。

「すぐじゃないけどね。旅行から帰ってきてから行こうかなって思って。ちょっと仕事も暇になるし」

三人はイタリアに旅行に行くことになっていた。しかし三人とも日々の忙しさにかまけていて、

「イタリアに行くなんて、なんだか信じられないね」

などと話していたのである。毎日、それぞれの仕事をこなしているうちに、おのずと出発の日は訪れる。仕事をすべて終えて、はっと気がつくと、出発は翌日に迫っていた。ヒロコはあわててスーツケースを引っぱり出し、パッキングをはじめた。といっても向こうの気候はよくわからないので、とにかく組み合わせのきく服を突っ込み、あとは現地調達すればいいやと考えていた。とりあえず寝て、目が覚めてぼーっとしていると、出発の時間になった。ミユキとマキコが車で迎えに来てくれることになっていたので、ヒロコはマンションの前でぼーっと待っていた。

遠くからベンツワゴンが走ってくるのが見えた。車を運転しているのは、ミユキの事務所のルミちゃんという二十四歳のアシスタントだった。二十四歳といえば十分大人の年齢なのだが、最近の若い人はそれから十歳マイナスしてちょうどいいくらいの幼さである。

「こんにちは」

にっこり笑って彼女は挨拶をした。

「こんにちは。よろしくお願いします」

シートに座ると、助手席に乗っているミユキも、後部座席のマキコも、ほとんど無表情であった。

「ほとんど寝てないの」

ミユキが目をしょぼしょぼさせながらいった。

「私も雑誌のページ数が変更になっちゃって、点数を増やしてほしいっていわれて、ずっとやってたの」

マキコもシートの上で呆然としていた。

「元気そうね」

ミユキはぼそっといった。

「まあ、ねえ。十二時には寝たから」

ヒロコが答えると、

「ふーん、それはよかったねえ」

とミユキがまたつぶやいた。

「今日はいいお天気ですねえ」

ルミちゃんは明るくいった。しばらくの沈黙のあと、三人は、

「そうねえ」

と仕方なく相槌を打った。

「ほら、どこを見てるの。車線が違う！」

ミユキが突然、大声を出した。

「はっ」

ルミちゃんが息をのんだのがわかった。そしてあわててハンドルを右に切ろうとしたところへ、

「あぶないじゃない。どうして無茶するの。後ろから車が来てるじゃないの！」

とミユキが怒鳴った。

「あっ」

ルミちゃんはあせって口をぱくぱくさせている。ミユキの憮然《ぶぜん》とした雰囲気が、車内に漂った。

「何度、同じ道を通ればわかるの。成田に行くのはこれで三回目でしょう。どうしてあんなところで、左折の車線に入るの?」

しばらくルミちゃんは黙っていたが、妙に明るい声で、

「あそこの近所に友だちが住んでいるものですから、ついつい、曲がろうとしちゃったんです」

といって、

「うふっ」

と笑った。

「…………」

そういわれた三人は、首をかしげたまま、二の句が継げなかった。成田に行くことと、あんたの友だちの家が近所にあることと、どう関係があるのかといいたかったが、それを問いつめたところで、どうなるものでもないということが、明らかにわかったので、三人は彼女のいったことを、聞かなかったことにした。

それでもミユキは自分の事務所の女の子のことなので、ひどく腹を立てているようだった。マキコとヒロコの手前もあったかもしれない。

「若い人のいうことはよくわからないわ」

彼女にはっきりいうわけでもなく、独り言のようにミユキはいった。するとルミちゃんは、

「友だちにもよくそういわれるんです。ルミちゃんのいうことは、発想がユニークすぎてわからないことがよくあるよって」

ととってもうれしそうに、自慢げに話すのであった。

「………」

私たちがあっけにとられていると彼女は、友だちからいつかはアーティストとして仕事をしたほうがいいんじゃないかといわれていること、そういう人たちが出入りするような場所には、積極的に顔を出すようにしているのだと、ぺらぺらと喋りだした。ミユキの後ろ姿が怒っているのがよくわかった。

「へえ、どんな人に会ったの」

マキコは身を乗り出して聞いた。

「えーと、よく話をするのは、○○さんと××さんと……」

彼女はマスコミによく登場する、何人かの名前をすらすらと口に出した。三人から

見ればうさん臭い人々であったが、彼女はとても得意そうだった。

「あぶないーっ」

ミユキが大声で叫んだ。ベンツワゴンの横を、大型トラックがクラクションを鳴らしながら疾走していった。

「どこを見てるのよ。余計なことばっかり喋っているから、運転がおろそかになるんでしょ！　恐ろしい。成田にたどりつく前に、私たち殺されるわ」

マキコとヒロコが、

「あははは」

と小声で笑ったよりも大きな声で、ルミちゃんは、

「あっはっは」

と笑った。ミユキの両肩がキッと硬くなったと思ったとたん、

「これからは一切、喋っちゃだめ。運転に集中しなさい。ただでさえ下手なんだから」

といい渡した。

「はい」

いちおう、そう返事をしたものの、成田に到着するまでの間、ミユキは、「ひえっ」「あっ」「うっ」「おわっ」と何度も小さな声を上げた。ヒロコは運転をしたことがないのでわからないが、運転できる人からすれば、ものすごーくあぶない瞬間だったのだろう。ミユキが声を出すたびに、ルミちゃんの肩はぴくっと上がった。

「私たち、無事に着くのかしら」

ヒロコがマキコの耳元でささやいた。

「さあねえ」

マキコは首をかしげた。

「ま、そうなったらそうなったで、しょうがないか」

二人はそういって、ぼわーっと大あくびをした。

なんとか成田に到着した。これから楽しい旅行だというのに、すでにミユキはぐったりと疲れているように見えた。

「ごめんね。せっかくの旅立ちの前なのに……」

ミユキのいった「旅立ち」という言葉がおかしくて、マキコとヒロコは思わず笑ってしまった。自分でもおかしくなったのか、ミユキも恥ずかしそうに、

「ふふ」

と笑っていた。

毎度おなじみの出国手続きの手順をふみ、機内に入った。団体旅行が嫌いなので、イタリア行きも三人のお気楽旅である。長時間、狭いシートに座っているのは辛い。とにかく体調を整えるための出費は惜しまないようにしないと、ものすごく疲れるのだ。よくツアーで海外旅行をしているじいさんやばあさんたちが、エコノミーに十何時間も押し込められ、現地についてからも、朝から晩まで引き回されても元気なのは信じられなかったが、最近、やっとその理由がヒロコにはわかった。彼らは毎日、身を粉にして働いていないから、エネルギーが蓄積されているのだ。

四十女三人は、自由な時間も勤め人よりはとれるが、その半面、拘束される時間も多い。いくらフリーで仕事をしているとはいえ、自分勝手にできるわけでもない。仕事がうまくいくように、怒るところは怒り、いいたいことはいい、誉めるところは誉め、いろいろなことに頭を働かせなければならない。ただ人をきれいにすればいいとか、文字や絵をかいていればいいというわけではない。だいたいにおいてうまくいかないことのほうが多いから、人とトラブルが起こる。うれしいことではなく、辛いことを抱えていると、気分が晴れるわけがない。どっとエネルギーを消耗する。それがじいさんばあさんにはない。だから海外に行っても、働き盛りの中年よりずっと元気なのだ。

三人の席の周辺にはじいさんばあさんは乗っておらず、三人よりも十歳ほど年上の夫婦と、あとはほとんどスーツ姿の年配の男性だった。シートに座ったとたん、三人は睡魔に襲われた。これから何日かの間は、仕事をしなくてもいいと思ったとたん、眠くなってしまったのである。ミユキとマキコはすでに目をつぶっていたが、ヒロコはまだ神経が少し昂《たか》ぶっていたので、スチュワーデスにハンディビデオをもらって、映画を見てみようと思った。主役の俳優は嫌いなのだが、評判になっている邦画があったので、それを持ってきてもらった。ところがハンディなので画面がとても小さく、見づらいことこのうえなく、またそんな小さな画面でも、嫌いな俳優の顔がアップになると、

「げっ」

とのけぞった。ベッドシーンになると、裸の小さい人間が、ぱこぱこと妙な動きをするので、思わず笑ってしまったりした。そしてどんどん早送りをして一時間ほどで

ビデオを返し、寝ることにしたのである。

ミラノまで十三時間、眠ったんだか眠らなかったんだかわからない感じではあったが、無事に到着した。車でホテルに着いたものの、そこは工事中で音が響き、最悪の状態だった。運悪くミラノコレクションが開催されている時期で、めぼしいホテルの予約がとれなかったのだ。思ったよりも寒く、三人は、

「寒い、寒い」

といいながら、それぞれの部屋に入った。悪いことは重なるもので、手を洗おうとしても、水しか出てこない。いくらお湯の蛇口をひねっても、なまぬるい湯しか出てこなかった。

「この寒さでお湯が出ないということは……。いったいお風呂はどうなるのだ」

シャワーではなく、風呂には肩までつかりたいタイプのヒロコは、バスタブのところにある蛇口のハンドルを動かした。普通はめいっぱい熱いほうにすると、熱湯が出てきて入れる状態にはならないのだが、それでやっと適温という感じである。それをバスタブにためたとしても、温度が上がることはありえない。寒いときにお湯が出ないことほど、辛いことはない。それでもヒロコは、

「でも夜になったら、ちゃんとお湯が出るようになるのかもしれない」

と気を取り直した。

初日で周囲のこともわからないので、ホテル内のレストランで晩御飯を食べることにした。顔を合わせていちばん最初に口から出たのは、

「お湯、出た？」

だった。三人のどの部屋も満足にお湯は出ていなかった。とりあえず軽い食事を注文しただけなのに、一時間以上も待たされた。そのうえ、どれもみんなまずくて、三人はげんなりした。

「こんなまずい料理、東京でも食べたことはないわ」

ミユキが顔をしかめた。

「私が作ったんならともかく、イタリア料理のプロが作ってるんだからねえ」

ヒロコが注文したパスタは、ゆでうどんのようになっていた。

「プロでもいろいろといるのよ」

マキコはすでにリタイアしてフォークを置いている。

「なんでまた、こんな」

三人とも同じ気持ちでテーブルを囲んでいると、そこここでブーッ、ブーッと鼻をかむ音がする。それがみな、はんぱじゃなく大きな音なのである。

「あーあ、イタリア人、風邪ひいちゃって」

マキコがつぶやいた。

「寒いもんね。部屋に戻ったら、ちゃんとお湯、出るのかなあ」

ヒロコが心配になっていうと、

「大丈夫でしょう。ホテルだもの。お湯はちゃんと出なくっちゃ」

マキコはきっぱりといった。

「そうだよね、文明国だもの。寒いときにはお湯が出るのが当然だよね」

鼻をかむ音がとどろくレストランをそそくさとあとにして、それぞれの部屋に戻った。ところがどの部屋もお湯は出ず、三人は疲れた体を温めることもできずに、悲しい気持ちでベッドに入ったのである。

翌朝も同じ状態だった。とてもじゃないがバスタブにお湯をためることなどできないので、シャワーを浴びるしかない。それも体にお湯が触った瞬間は多少温かいが、すぐ冷えてしまう、ぬるいシャワーであった。まだシャワーを浴びないほうが、風邪をひかない分、体によさそうなくらいだった。

ぱっとした気分になれないまま、三人は地下鉄でドゥオーモに向かい、その大きさに圧倒され、また品のいいプラダの本店をのぞいたりして、ちょっと気分がよくなった。あちらこちらの店をのぞき、温かいカフェラテというミルクコーヒーで暖をとり、四時過ぎにホテルがある最寄り駅に戻ってきた。近所を散歩してみようと、ホテルへの道の反対方向に歩いていると、そこに小さな遊園地があった。東京にあるような、「どうだっ」というものすごいものではなく、手作りのかわいい遊園地だった。

「あ、あれ、やってみようよ。練習、練習」

ミユキがある方向を指さして、そっちに走っていった。マキコとヒロコが追いかけていくと、そこにあったのは、一周が五十メートルくらいの、ゴーカートのコースだった。コースといっても下は木の床になっていて、走るとゴトゴト音をたてるような代物だ。

「免許を取るんでしょ。こういうところでまず練習をしたほうがいいわよ」

ミユキはすでにゴーカートに乗っていた。そしてあれよあれよという間に、コースを走っていく。マキコとヒロコもあとに続いた。マキコも順調にスタートした。ところがヒロコはアクセルとブレーキの調子がうまくのみ込めず、それを見た係のおじさんがあわててやってきて、操作の仕方を教えてくれた。

ミユキから二周、マキコから一周遅れて、ヒロコはスタートした。ところが自分では一生懸命、力の限り走っているつもりなのに、ミユキやマキコにどんどん追い抜かれていく。

「ゴー、ゴー」

二人はそういいながら、にこにこ笑ってぶっとばしていく。しまいには地元の子供たちにも追い抜かれる始末で、係のおじさんに苦笑いされながら、早くこっちへ来いというジェスチャーまでされてしまった。

(運転はだめかも……)

ヒロコはみんなの半分くらいのスピードで走りながら考えた。

(絶対だめだ。こんなおもちゃみたいなコースで、おもちゃみたいなゴーカートに乗ってるっていうのに……)

ヒロコはとても怖かった。スピードを出すことが恐ろしくて、アクセルを踏み込むことができなかった。

（こんなことで、免許なんか取れるわけがないじゃないか）

そう腹の中でいいながら、ハンドルを握った両手にじっとりと汗をかいていた。

（もしもこれが道路を走る車だったら）

そう思うと、とても自動車を運転する気にはなれなくなった。ヒロコが走っていたのは、明らかに自転車にも抜かれるようなスピードだ。ただここではコースをぐるぐる走っていればいいし、対向車もない。しかし公道で車を走らせるということは、ことは全く違う。車は正面から後ろから右から左から走ってくる。おまけに幅の広い道路を走っていて、どっちかに曲がる場合は、その前に車線変更が必要になる。知っている道ならともかく、知らない道を走っていた場合、どこでどうやって車線を変更していいのやら、見当がつかないのだ。

おまけに歩行者、犬、猫にも注意しなければならない。突然、飛び出してくるガキどもには、どのように対処したらいいのだろうか。そう思うと、ヒロコの頭の中は爆発しそうだった。ストレス解消のために、車に乗るという人もいるけれど、自分の場合は、車に乗ったらますますたくさんのことを考えなければならず、もっとストレスがたまりそうだった。突然、車が故障することだって考えられる。そんなとき、どう

するのだ。車の運転のことを考えると、

「どうする！」

といいたくなる問題が噴出してきて、ヒロコの気分は暗くなった。

料金分の時間が来たようで、おじさんが出口に向かってゴーカートを誘導しはじめた。ヒロコがのろのろと車を近付けると、おじさんは困った、困ったという表情で、首を横に振っていた。

「どうしたの？　ずいぶんゆっくり走ってたじゃない。おじさんが一生懸命、走れ、走れって合図してたわよ」

マキコがいった。

「だめよ、もっとばーんととばさなきゃ。安全なんだし」

ミユキの言葉にヒロコは、

「だって、怖かったんだもん」

といった。

「どうして？　なんで怖いの？　全然、怖くなんかないじゃない」

ミユキとマキコは笑った。

「だって、怖かったんだもん」

ヒロコはもう一度、繰り返した。

「変なの」

また二人に笑われた。

「マキコちゃんは、ああいうの平気？」

「私は大丈夫よ」

「ふーん、私、車に乗っているときには、どんなにスピードを出されても平気なんだけど、自分では……だめだわ」

だんだん寒さが身にしみてきた。

「はいはい、温かいコーヒーでも飲んで、休もう、休もう」

遊園地の中にコーヒースタンドがあって、三人はカフェラテを飲んだ。ヒロコはコーヒーは飲めないのだが、ここのカフェラテはとてもおいしかった。昔懐かしい素朴なジェットコースター、子供用の小さな電車、ボールを的に当てるゲームなど、地元の家族が楽しく遊んでいた。ミラノから地下鉄で十五分ほどの場所に、ミニ花屋敷があるのが面白かった。

急に気温が下がってきて、三人は震えながらホテルに戻ることにした。

「ほら、見てごらん。かわいい車がたくさん走ってるよ」

日本で同じ車を見ているのに、どうして生まれた国で見ると、こんなにかわいいのだろうかとヒロコは思った。アルファロメオもフィアットも、当たり前だがたくさん走っている。それが街並みにとけ込んで、なんともいえずいいのだ。

「免許を確実に取るには、まず車を買っちゃうっていう手もあるわね。そうすると、『あの車に乗りたい』って、ちゃんと教習所にも通うでしょ」

ミユキは行き交う車を見ている。

「私がいちばん最初に乗ったのは、パンダだったな」

「そのあとはもう、チェロキー、ＢＭＷ、ベンツ、アルファロメオ……。もう乗りたい放題よね」

マキコが笑うと、

「いいじゃない。私、車が好きなんだもん。かわいいなと思うと欲しくなっちゃうのよ」

とミユキがいった。

「でも何台もあって、体はひとつしかないんだから、ほどほどにしたほうがいいよ」

「そのときの気分で、ベンツに乗りたいときもあれば、アルファロメオに乗りたいときもあるのよ」

車が好きな人はきっとそうなんだろう。自分にも好きな車があれば、少しは免許を取る気にもなるんだろうかと、ヒロコは考えた。イタリアにいる間じゅう、道路を走る車が気になって仕方がなかった。

「東京に帰ったら、早速、教習所に行かなくちゃね」

ミユキにそういわれても、まだヒロコは、

「怖い」

といっていた。

「大丈夫、怖くなんかないわよ。怖いと思っている人は大丈夫なの。いちばん怖いのは、自分は平気だって、自信満々でとんでもないことをやる人よ」

「それって、うちの社員のことかしら」

ミユキの言葉にはマキコは答えず、

「大丈夫、大丈夫」

と何度もヒロコを勇気づけた。ヒロコは免許を取りたいのと怖いのとが、ぐっちゃぐちゃになってしまい、東京に戻っても、いつまでたっても教習所に行くことを最終決定できなかった。

なぜヒロコが免許に興味を持ったかというと、自分の体で荷物を持つのがきつくなってきたからだった。たとえば古書店街に行ったとき、片っぱしから店を回るのだが、一軒の店ですぐ五、六冊になってしまう。昔は相当の本をショルダーバッグに入れて運んでも平気だったが、さすがに今は、単行本二十冊が限界だ。資料用の本となるとぶ厚くなるので、とても二十冊は持てない。

「また今度にしよう」

と、店を回るのをあきらめたことが何度もあった。こんなとき、

「車があればなあ」

と思うのだ。車さえあれば、重さを考えずにどんどん本が買える。本だけではなく、食料品をまとめ買いするときも便利だ。ヒロコの近所では、老人でも車を運転している人がたくさんいる。遠くからのろのろと車が走ってきて、運転席に人が見えないので、

いたりする。

とびっくりしていると、小柄なおばあさんが必死に前を向いて、ベンツを運転して

「無人車だ」

「おばあさんでも運転できるんだから。でも、もしかしたら、若いころに取って、運転はベテランなのかもしれない」

などとも考えた。若いころに取るのと、中年になってから取るのとでは、慣れ方が違う。

「ああ、もう、どうしよう」

ヒロコは迷いに迷っていた。迷っているうちに、長期連載の仕事が入ってしまい、その仕事が終わらない限り、教習所には通えない。ミユキは、

「いつから行くの？　近くに教習所があるじゃない。あそこだったら歩いていけるわよ。オートマだったらすぐだって」

と熱心に勧める。

「そうだ、それじゃなかったら、あとは合宿よ。それがいいわ。合宿がいいわよ」

たしかに拉致《らち》されていれば、何がなんでも免許は取れそうだ。

「うーん、でも仕事が忙しくなって、行けなくなっちゃったのよ」

ヒロコは免許を取りに行かない口実ができた自分に、ちょっとほっとしていた。

それでも買い物に行く途中、気になって、隣の駅の近くにある教習所を見に行った。学生などでもっと賑《にぎ》わっているかと思ったら、まるで閉鎖されているかと思うくらい、雰囲気が暗い。コースを走っている車はたった一台だけである。

「合宿かあ」

まずスケジュールを調整しなければならない。話によるとだいたい二十日間くらいだそうである。締め切りを考えると、いくらワープロがあればどこでも仕事ができるとはいえ、無理なように思われた。

「きっとどうしても取りたい人は、合宿でもぼーんと行っちゃうんだろうけどなあ」

ヒロコは野菜が入った手提げバッグを振りながら、閑散としている教習所をまたのぞき込んだ。

イタリア旅行から戻った三人は仕事に追われていた。

「私たちみたいに、世の中の余分なところで仕事をしている人間に、仕事があるっていうことはありがたいけどねえ」

といいながらも、

「もうやだあ」

「飽きた」

とぐちをいい合った。

とにかく目の前の仕事をこなしているうちに、あっという間に冬が過ぎて春になった。

「暖かくなったから、免許を取りに行ったら？」

ミユキは電話をかけてくるたびにそういった。

「ああ、そうねえ」

ヒロコはふだん、免許のことは忘れていた。人にいわれると、

「そうだ、そういうこともあったっけ」

と思い出した。免許が欲しい人は、四六時中、時間があったら教習所に行こうと考えているだろう。

「やっぱり私は、車の運転が向かないと思っているんだ」

とヒロコはうなずいた。

四月になってすぐ、電話でミユキが、

「マキコちゃん、教習所に行きはじめたわよ」

といった。

「ええっ、本当？」

マキコは本気だったのだ。遊園地のゴーカートでもあんなにスピードを出していたし、とにかく運転しないのに彼女は都内の道をとてもよく知っていた。ゴーカートのスピードですらついていけない、方向音痴のヒロコよりも、はるかに車を運転する適性がある。

「ほら、負けないように行かなくちゃ」

ミユキにはっぱをかけられ、ヒロコは、

「そうねえ」

といちおうは答えた。

それから二、三日たって、三人はマキコの家で食事をした。ミユキは鉄製の本格的な餃子鍋とへらを持参した。餃子を包むのはヒロコの役目である。ミユキもマキコも面倒くさいというのであるが、ヒロコはこのような女工さん的仕事は好きなので、喜んで餃子を包んだ。マキコはサラダを作り、あとは適当に持ち寄ったおかずで晩御飯を食べた。

「どう、免許は？」

赤ワインを飲みながらミユキが聞くと、

「うーん」

とマキコは首をかしげた。

「偉いよね。ちゃんと通っているんだもん。私、まだふんぎりがつかないわ」

ヒロコがつぶやくと、マキコはベッドルームに消え、そして何冊かの本をヒロコの前に置いた。それはオートマチック車の運転に関する実用書や、学科試験の問題集だった。

「もう、大変」

ぼそっといった。

「大変って、どういうふうに大変なの」

本をぱらぱらとめくりながら、ヒロコは聞いた。

「ちょっと見て。これを覚えなきゃならないのよ」

実用書の最初のほうに、見覚えのある道路標識が、ずらっと並んでいる。なんの気なしに見ているが、これはなんだとあらためて聞かれたら、自信がない。禁止の標識なのに赤い色じゃなくて青い色の物もあり、ヒロコは、

「へえ」

といったまま本に見入ってしまった。ハンドブレーキやチェンジレバーなんていう物が運転席にはある。レバーにはP、R、N、D、2、Lと表示があり、ハンドブレーキもレバーも運転しながら操作するらしい。みんながオートマチック車は簡単だというから、ただ乗ってハンドルを握り、アクセルとブレーキペダルさえ踏んでいればいいと思っていたヒロコは、

（ちっとも簡単じゃないじゃん）

とため息をついた。案内標識、道路に描いてある規制標示、指示標示。前方、横、後方、上方おまけに下の地べたまで、注意を払わなければならない。それなのに、最近では車内にテレビが設置してあって、それを見ながら運転している若者を見ることもある。ヒロコはもしも車を運転したとしたら、同乗している人と世間話もできないくらい、運転に必死にならないと、すぐ事故を起こしそうな気がしてきた。

「これは大変だわあ」

本を持ったまま、放心状態になっているヒロコの手元をのぞき込んだミユキは、

「ああ、それはね、大丈夫。やっているうちに覚えるから。気にしなくていいの」

と軽くいう。

「運転できる人はそういうけど……。おばさんになってから一からはじめるのは、どれだけ大変か」

「そうよ、そうよ」

ヒロコとマキコはまた結託した。

「本当にあなたたち、背格好も似てるけど、いうことも似てるねえ」

「そんなことないわよ」

同時に二人が文句をいった。

「とにかく、教えられたとおりにやっていれば、運転できるようになるんだから」

「それはわかってるわよ。できないから苦労してるんじゃないの」

もともとまじめなマキコは、一生懸命、免許取得に取り組んでいるようだった。仕事用のテーブルの横には、手書きのカードがそこここに貼りつけてある。

「発進の方法――ブレーキペダルを踏み込んだ状態で、チェンジレバーを前進のときはD、バックのときはRに入れる。ハンドブレーキを徐々に解除して、ブレーキペダルから足をゆっくりと離す。車が動きだしたら、アクセルペダルを踏む。車をゆっくり動かしたいときは、アクセルを踏まずに、ブレーキペダルを解除すると動きだす。足はペダルに乗せたまま、ブレーキはかけずに、いつでも踏めるようにしておく」

「停止中のときは、ブレーキペダルを踏み、ハンドブレーキもかけておく。停止時間が長くなりそうなときは、チェンジレバーをNに入れて、ハンドブレーキをかけておく」

ヒロコはそれを読んでいるだけで、しおしおと免許取得の気分が萎《な》えていった。とてもじゃないけど、自分にはできそうになかった。

「だから、言葉で読むと複雑だけど、体で覚えればなんていうことはないの。頭じゃなくて体で覚えるのよ」

ミユキは明るい。

「体で覚えられないから、苦労してるんじゃないの」

マキコは暗い声になった。

「どうして、簡単じゃないの」

「運転席に座ったとたんに、頭の中が真っ白になるのよ。どこをどうやっていいかわからないから、両手ばかりがばたばたしちゃって、汗が噴き出してくるわ」

「教官って意地悪？」

ヒロコが小声で聞いた。

「そんなことないわよ。若い女性の教官もいるしね。ただ、自分が思うとおりにできないのよ。それがねえ……」

「お察しします」

ヒロコはいった。車は一歩間違えば、重大な事故につながる乗り物だ。そう簡単にみんながほいほいと免許を取れてしまったら、やはりまずいだろう。それは十分にわかっているが、

「もうちょっと、簡単になりませんか」

といいたくなった。

ほとんどヒロコは免許取得計画から脱落していた。車が必要なときは、そのつどタクシーに乗ればいいやと思うようになった。マキコのほうは、仕事をやりながら、時

間をきちんと決めて、教習所に通っている。本当に彼女は偉いと、マキコを尊敬した。

ミユキは、

「免許を取ったら、アルファロメオのスパイダーを譲ってあげてもいいわよ」

と張り切っている。でもマキコは、

「私はああいうのじゃなくて、セダンがいい」

といった。

「そうね、おばさんが最初に乗るんだったら、セダンのほうがいいわね。やっぱり安全性を考えるとベンツかしら。ＢＭＷかしら。ああっ、車のことを考えていると楽しいわねえ」

ミユキは人のことなのに、うきうきしている。それに比べて当のマキコは、真顔になっていて、楽しそうな表情は見せなかった。

それから何週間かたち、完全に教習所に行く気が失《う》せたヒロコが、夜、テレビを見ていると、自分よりも五、六歳ほど年上の著名な女性が免許を取るまでを、カメラが追っていた。彼女は若い学生たちと一緒に合宿をし、そこで仕事をしながら勉強をしている。発進させようとして、一向に車が動かないと、

「何よ、これ」

　と怒る。教官が小声で、

「あの、ハンドブレーキが……」

　といった。すると彼女はまた、

「ふんっ」

　と怒って操作する。とにかくぷりぷり怒りながら、習っているのである。まるでおのれの姿を見ているようだとヒロコは思った。きっと自分も同じように、恥ずかしいのと情けないのとで、自分に怒りまくるだろう。それでも彼女が免許を取り、運転している映像を見たとき、めらめらと嫉妬の炎が燃え上がった。彼女にできて自分にできないはずはないと思いつつ、重い腰は上がらなかった。

　マキコを励ますつもりで、電話をかけた。ところが彼女はいいにくそうに、

「それが……もう行ってないのよ」

　という。坂道発進とやらがネックになったらしい。

「おまけに近ごろ、天気もよくないでしょう。いやだなあって思ったら、だんだん行く気がしなくなって、そうしたら神経痛も出てきて」

「そうなの、私も出てきた」

二人はしばし、神経痛の話で盛り上がった。

「でも、取る気はあるんでしょ。それだったら大丈夫よ」

彼女はゴーカートでも楽しそうにスピードを出していたし、もたもたしていなかった。時間はかかっても、絶対に彼女は免許を取ってくれるだろう。

ところが、マキコがそれ以降、教習所に通っている気配はない。ミユキはヒロコに、

「もう運転免許という言葉は禁句だからね」

とささやいた。運転免許取得計画から完全に脱落したヒロコの頭の中では、脱落しつつあるマキコのこの状態に、がんばって取ってほしいという思いと、仲間が増えるという歓《よろこ》びとが、複雑にぐるぐると渦巻いていたのであった。

私たちのからだ

中年になって、女三人はみなどこか体ががたついてきた。ヒロコは体については人一倍関心があるくせに、運動もヘルスケアも何もやっていない。太極拳、気功、カイロプラクティック、足裏マッサージなど興味はつきない。足裏マッサージはミユキとマキコと一緒に、香港でやってもらい、

「痛いけれども、あとがとても気持ちいい」

という感覚が忘れられないのであるが、帰ってきてからは一度もやっていない。ミユキとマキコは、それぞれ気功に行ったり、カイロプラクティックに通ったりしている。

「試しに行ってみたらいいのに」

マキコはヒロコにいった。

「出不精だから、どうしても行くのが面倒くさくなっちゃうのよね」

「私だって同じよ。でも隣の駅前だったら、行けるでしょ。歩いても行けるし。わざ

わざそのためだけに行くのって、面倒だもん」

　マキコはそういって、気功治療のスケジュール表をコピーして、渡してくれた。

「チケット制になっててね、行ったときにそれを渡せばいいのよ。先生夫婦は中国の人なんだけどね。すいているときもあるけど、混んでいるときは相当人がいるから、効果があるんじゃないのかな」

　だだっぴろい部屋に、その時間帯に都合のつく人々がやってきて、みんな一緒くたに気功治療を受ける。まず先生がどこの具合が悪いのかを個人個人にたずねる。先生は部屋の全員に対して気を送り、そのあとみんなの間を回りながら、肩が凝っている人、胃腸の悪い人など、その症状に対して気を送るというのである。

「一回目は、肩が凝るっていったのね。そうしたらあぐらをかいて座るようにいわれて、そのとおりにしていたら、先生がみんなのところを回って、私のところに来たの。そして気を送ってくれたんだけど、そうしたら私は力をぬいて、ただあぐらをかいているだけなのに、上半身が揺れはじめたの。そして円を描くように回転したの。どうしたのかな、でも、気分がいいからいいかっていう感じなのよ」

　ヒロコは、

「へえ」

と話を聞いていた。

「でも、最初は驚くかもしれないわよ」

そういいながら、マキコはにっと笑った。

「どうして」

「私も最初に行ったとき、びっくりしたことがあったんだけど……」

彼女はくすくすと笑いだした。先生がみんなに気を送りはじめたとたん、二、三人のおばさんが、まるでイギリスの近衛兵みたいに、足をつっぱらかせたまま、大股でずんずん歩いて、別の部屋に行進していってしまったというのである。

「最初だし、どんなことになるんだろうって緊張してるじゃない。そうしたら突然、おばさんたちが行進して出ていっちゃったから、もう、びっくりして。そばにいた人に、『ああいうことって、あるんですか』ってそっと聞いたら、『ああ、あの人たちはいつもそうなんですよ。自分ではどうしようもなくて、体がああいうふうに勝手に動くみたいです』って、けろっとしてるの。でも、あれを見たときは、何事が起きたのかと思った」

気を送ってもらうというのは、静かに体が揺れるというイメージがある。それなのに今まで普通にしていたのに、元気よく行進して出ていかれたりしたら、びっくりするのは当たり前だ。

「してもらったあと、ものすごく体の具合がいいっていうことはないんだけど、温まった感じはしたのね。それで帰ってきたんだけど、今までそんなことなんか一度もなかったのに、のら猫が私を見て、たーっと走り寄ってきたの。そしてごろごろいいながら、仰向けになるのよ」

彼女は動物が好きだが、のら猫にそんなことをされた経験はなかった。

「なでてやったらね、猫がよだれを垂らして、ごろんごろん喉を鳴らして、もうすごいのよ。私の体に気が残っていたのかな」

猫は敏感にそれを察知して彼女にすり寄り、気功のお裾《すそ》分《わ》けをしてもらったのかもしれない。

「それから、買い物の帰りに同じ猫を見て、『こんにちは』っていっても、全然、寄ってこないのよ。あのときだけ。今度、気功の帰りに猫がいたら、すり寄ってくるか楽しみなんだけどね」

そういう話を聞くと、動物だけにわかるオーラが体から出ているみたいで、ますます興味が湧いてきた。ヒロコはそういう場所には、中年以上の人ばかりが行っているのかと思ったら、中学生も来ているという。

「中学生ってまだ子供でしょ。どこか悪いのかしら」

「どこかが悪いから来てるんだろうけど、けがもしてないし、見たところは健康そうなんだけどねえ」

私たちが中学生のころは、ただ食べて笑って寝て、気功など健康に関する場所に足を踏み入れることなど、考えたこともなかった。今の受験戦争で体ががたがたになっているのか、けがをしたあとのリハビリでやってきているのかわからないが、とにかく下は中学生から上は八十歳過ぎまで、老若男女がやってきているというのだった。

「最初は体が揺れたんだけど、二度目はどういうわけだが、涙がぼろぼろ出てきて止まらなくなったの。別に悲しいことがあったわけでもないし、目が痛かったわけでもないの。それなのに、一日、ずーっと涙がぼろぼろ出っぱなしで、仕事をするときもタオルで目を押さえながらやってたのよ」

ヒロコは二十年ほど前に、ヨガの道場に通っている年下の知り合いの女性から、ヨガの瞑想《めいそう》の時間に、先生が回ってきて、彼女の体にふれたとたんに、涙が出てきて止まらなくなったという話を聞かされたことがあった。そのときもヒロコは、不思議なことがあるもんだと思いながら、

「へえ」

と聞いていたのである。彼女自身が分析するには、自分は幼いころから、実の母親との仲がうまくいかず、それがいつも心にひっかかっていた。そのときも先生に、

「何か悩み事がありますか」

と聞かれて、

「母親とのことで……」

といったとたんに、涙がぽろぽろと信じられないくらい出てきて、そのあととてもすっきりしたといっていた。だからマキコが涙が出たというのも、それによって体か心の中にたまっていた何かが出ていったのだろう。

そういう話を聞くと、興味が湧く半面、自分はいったいどうなるかという不安もある。

「みんな慣れているし、誰も人のことなんか気にしないから大丈夫よ」

とマキコにいってはもらったが、すごくみっともないことになったらどうしようかと心配になる。体が揺れる、座り込む、横になる、涙が出るのはかまわないけど、兵隊さんみたいに行進して、別の部屋に行っちゃうのはやっぱりいやだ。

「うーん」

だからいまだにヒロコは気功治療のスケジュール表を見ながら、迷っているのだ。

ミユキはもっぱらカイロプラクティック専門である。たまにはお灸《きゅう》もしてもらう。

「やってもらったあと、三十分くらいぼーっと寝ているんだけど、あれが気持ちがいいのよね」

先生は若い人だが、患者の体に触っただけで、体のどこに疲れがたまっているかが、わかるらしい。

「もう私なんか満身創痍《そうい》よ。三十代のころは、大酒飲んで喧嘩して、その翌日に平気な顔をして仕事に行けたんだものねえ。今はストレスがたまるばっかり。こんな体になるなんて、想像もつかなかったわよ」

ミユキはそういってため息をつくことが多くなった。車の運転もますますきつくなってきた。

「ぎりぎりまで仕事をして、カイロプラクティックに駆け込むっていう感じね。そこのベッドに寝ると、体がへなーってなるもの」

体が辛ければ辛い分、あとの気持ちよさが身にしみるというわけである。

「あなたもそろそろ、やっておいたほうがいいわよ。私みたいにぎりぎりになってからじゃなくて、ちょっと疲れたなっていうくらいで通ったほうが、大事にいたらないと思うわよ」

ヒロコは座業なので、毎日、なるべく歩くことにしていた。一日一万歩、だいたい歩き続けて一時間ほどなのだが、それを目安にして歩いていた。しかしそれだけで健康が保てるわけではない。歩くことは体にいいのだろうけれど、それを含めて、その道のプロにやってもらうというのがいいような気もするのだ。

「でもね、そのカイロプラクティックもいろいろとあったのよ」

ミユキは笑った。

あるとき、治療院に行くと、施術が終わったあと先生がおもむろに、

「それでは除霊をはじめます」

といった。

「は？」

何をいわれたかわからず、ミユキはきょとんとした。

「除霊です」

先生は大まじめであった。先生は勉強熱心で、指導者の講習会には積極的に参加していた。ミユキは前回、施術してもらったときに、

「来週は地方で講習会があるので」

といっていたことを思い出した。そこでそういう方法を習ってきたらしいのであった。

「いいです、私は」

ミユキは丁寧に辞退した。それでも先生のほうはせっかく習ったことを実践したいようで、

「いえ、すぐ済みますから」

といいながら、ベッドの上に後ろ向きに座るようにいった。ミユキは拒絶することもできず、しぶしぶいわれるとおりにした。彼女が後ろ向きに座ると、背後から、

「ふーっ、ふーっ」

と呼吸音が聞こえる。

(いったい何をしているんだろうか)

気にはなったが、振り向くわけにもいかず、彼女はじっとベッドの上で体を硬くしていた。

「はい、体を楽にして下さい」

さすがに先生は彼女の体の変化を見抜いた。しかし呼吸音は続いている。いつまで続くのかしらと思っていると、

「はい、終わりました」

とおごそかな先生の声が聞こえた。彼女は思わず、

「ありがとうございました」

といってしまった。

「左肩に霊がついていたので、除霊しておきました」

先生はそういった。

「はあ、そうですか」

ミユキはわけがわからないまま、ゆっくりと車を運転して帰る途中、

「左肩？」

　と小声でつぶやいた。そして、とんでもないことを思い出した。ずいぶん前になるが、霊が見えるという、知り合いの女性に、

「あなたの左肩には、亡くなったお父さんが守護霊としてついていますよ」

　といわれたことがあったのだ。

「やだ、どうしよう」

　ミユキはあせった。

「先生ったら、うちのお父さんのこと、追い払っちゃった」

　それからしばらくは治療院には行けなかったと、ミユキは話したのである。

「本当にお父さんを除霊しちゃったのかしら」

　ヒロコが聞くと、彼女は、

「だって、父親の霊が左肩についていたかどうかもわからないし。でも左肩に霊がいたっていうのは二人が共通していったことなのよね」

「じゃあ、本当なんじゃない」

　ヒロコがからかうと、ミユキはふざけて、

「お父さーん、帰ってきてぇ」

と空に向かって叫んだ。ひと月半ほどしてまた行ってみると、もう除霊はやっておらず、いつもの治療だけに戻っていた。

「きっと不評だったんだと思うわ」

ミユキはうなずいていた。

何かやらねばとヒロコは思っていたが、毎日、歩き続けることくらいで、重い腰は上がらなかった。そんなときに編集者の若い女性が、

「エステティックに行くので、一緒に行きませんか」

と誘ってくれた。

「エステねえ……」

ヒロコは興味がなかった。エステティックは特殊なものではなく、OLや学生が行くような場所になっていたが、ヒロコは関心はなかった。しかし彼女が、

「気持ちがいいですよ。リラックスできますから」

というので、試しに一度、行ってみようかという気になった。顔がどうのこうのということではなく、リラックスできるというところに興味を持ったのだ。

エステティックサロンに行くと、体調、食べ物の嗜好《しこう》などのアンケートをとられ、ハーブティーを飲むようにといわれた。そして個室で施術してもらうのだが、眼精疲労がひどいといっていたので、エステティシャンが目のツボを重点的に圧《お》し、マッサージをしてくれた。知らず知らずのうちに、こわばった顔面がほぐれていくようだった。首筋や腋《わき》、肩もマッサージしてくれる。いわゆるリンパマッサージである。そしていちばん驚いたのは、仰向けに寝ている背中の下に、エステティシャンが手を入れて、肩胛骨《けんこう》の下からさすり上げるマッサージであった。肩が凝るときは肩胛骨の周辺も凝っていることがある。そこを丁寧にマッサージしてもらって、ヒロコは毒が抜けて体が楽になったような気がしたのである。

翌日、別の編集者に、

「色が白くなった」

と驚かれた。ヒロコは色が白くなったことよりも、あのリンパマッサージが忘れられなかった。

「リンパマッサージだけをやってくれるところはないのだろうか」

と雑誌の体特集などでチェックをして、めぼしいところをいくつか見つけてはいるのだが、いつものように重い腰は上がらず、ただただ家のまわりを歩き回っている。自分の毎日についてエッセイを書いたら、それを読んだ東洋医学を実行している八十六歳の男性から手紙が来た。それには、一日一万歩が最低ラインなので、一万歩以上歩かないと、運動にはならない。根菜類の煮物を食べれば体は冷えない。腹八分目、早寝早起きなど、体にいいことが書いてあり、

「もう年だといわず、これから結婚して、丈夫な赤ちゃんを産んで下さるように御願いします」

とむすんであった。

「そんなことができるか」

ヒロコは手紙を読んだあと苦笑いをした。一日一万歩が最低ラインだというのなら、いったいどれだけ歩けばいいのだろうか。これでは、毎日、山登りをするしかないのではないだろうか。

ヒロコはこの話をミユキとマキコにした。

「あらー、一万歩歩いてもだめなの？」

マキコは驚いている。

「いつもよく歩くなと思って、ヒロコちゃんのことを見ていたのに。そうなの、一万歩じゃだめなんだ」

ヒロコは車も運転できないし、自転車も持っていないので、買い物にも歩いていくしかない。マキコは自転車を持っているので、近所の買い物はすべて自転車に乗って済ませているのだ。

「でもね、歩くのがいいっていうわけじゃないみたいよ」

ヒロコはテレビで見た話をした。たとえば地下鉄の駅などで、エスカレーターと階段があると、ヒロコは迷わず階段を上り下りしていた。そのほうが何倍も運動になると思っていたからである。

ところがあるときテレビを見ていたら、いちばん長いエスカレーターがある地下鉄の駅で、実験をやっていた。エスカレーターを使うのと、階段を使うのと、どれだけ消費カロリーに差があるかというのだ。それがお菓子のポッキーに換算して、どのくらいの分量かというのである。階段利用派のヒロコは、相当に違うのではないかと期待していたが、実際にはポッキーの半分のカロリーの差しかなかった。それを見たとたん、騙《だま》されたような気がしてきて、それから駅にエスカレーターと階段があると、迷わずエスカレーターを使うようになってしまった。辛い思いをして、あれだけしか消費カロリーが違わないなんて、ひどく損をした気分になったからであった。

「年をとったら、体力温存。ここぞというときに使えるように、無駄なところには使わないでおこう」

そう思ったりもしたのである。

そんな矢先、ヒロコはダンベル体操というものを知り、ビデオも購入した。これは寝る前に十分か十五分ほどやればよく、ばたばたと走り回ることもなく、ダンベルさえあれば室内でできる。これはいいと思って、二人に知らせようと、マキコの家で食事をするときに持っていったら、

「ふふふ、私も買ったのよ」

とマキコもビデオを指さした。中年が考えることは同じなのである。

「ダンベルなんて、初めて買ったのよ」

水を入れて使うタイプだった。

「私は十年くらい前に買ったのを、押入れから引っぱり出してきた」

ミユキは、マキコの買った、水の入っていないダンベルを両手に持ち、交互に持ち

上げながら、

「こんなことで効くのかしら」

という。

「あら、今、大評判なのよ」

マキコとヒロコは声を揃えた。

食事を済ませ、テレビを見ながら三人でお茶を飲んでいると、見覚えのある女性が映っていた。

「…………」

三人は絶句した。彼女は三人より年下で、美人で有名で、才色兼備の人であった。ところが画面に映った彼女は、丸々と太っていて明らかに老けた。

「どうしたの、いったい」

「結婚して子供を産んだっていう話は聞いたけど」

昔の二倍はありそうな彼女の姿を見て、三人は無口になった。そしてミユキは水の入っていないダンベルを持ち上げ、マキコは立ち上がって両手をぐるぐると回し、ヒロコはその場で腹筋をはじめたのだった。

「ふんっ、ふんっ」

三人はそれぞれテレビを横目で見ながら運動を続けた。

「ああ、もうだめだ……」

ヒロコは十回でへとへとになり、腹筋をするのをやめた。

「私も。また四十肩が悪くなりそう」

マキコもダンベルを床に落とすように置いた。

「だらしがないわねえ」

ミユキは両腕を上下させていたが、もちろんダンベルの中は空である。

「ふん」

マキコとヒロコは呆れて、またテレビを見た。画面の中の女性は、淡々と文学について話していたが、二人の関心は彼女の体型だけであった。

「細くてきれいな人だったのに」

「そうよね。美人って顔の輪郭も大事なんだわねえ」

「背中も丸くなっちゃって。指もあんなに太くなってる」

ヒロコは思わず画面を指さした。

「ああ、疲れた。これいっぱいに水を入れたら、何キロになるの?」

ミユキは眼鏡をずらしてダンベルの表示を見た。

「本当にもう老眼がひどくって。こうしないとだめなのよ。あら、見えないわ」

プラスチックが反射してそこに浮き出している文字が読みにくい。

「えーと、これは二キロだね」

いちばん年下のマキコが、横からのぞいていった。

「あなた、まだ老眼じゃないの?」

「うーん、細かい文字は読みにくくなったな。この間も、ちょっと無理して仕事を続けてたら、頭ががんがん痛くなっちゃって。どこか悪いのかと思って、ものすごく心配になって、いつも行く病院に行ったら、そこの女医さんに、『老眼でしょ』って笑われたのよ。そのあと眼医者さんに行って検眼してもらったら、『その傾向がありますね』っていわれちゃった。でも、老眼鏡はかけてないよ」

「そうなのよね。細かい文字は見えないけど、ずっと老眼鏡をかけるほどでもないのよ。でも私なんか、最近は虫眼鏡が必需品よ」

ヒロコは夜になると物が読みにくくなってきた。特に出版社から送られてきたコピーの文字が、半濁点なのか濁点なのか、またこみいった旧字も判読できずに、近ごろは虫眼鏡のお世話になっているのだ。

「あーあ、『ぴあ』の隅から隅まで、すらすら読んでいた若いころが懐かしいわ」

「この間、久しぶりに『オリーブ』を買ったら、細かい文字が読みづらいったらないの。ああ、もう、こういう雑誌を読む年じゃないんだわと思い知らされたわ」

ヒロコとマキコは熱心に老眼について話をしていた。

「ねえ、老眼になるのと太るのと、どっちがいい？」

ミユキは右肩をぐるぐる回しながら聞いた。相変わらず画面の中では、くだんの女性が文学について話している。

「私は痩《や》せすぎているよりは、太っているほうが好きなんだけど……」

マキコはいい澱《よど》んだ。

「でも、このテレビを見て、この若さでこれはちょっとまずいかなと思った」

ある年齢から上になると、多少、太っていたほうが、ぎすぎすと痩せているよりも、見た感じがいいのはたしかである。しかしテレビの中の女性は、明らかに以前よりも老けて見えた。

「私たちより年下でしょう。この体型をずーっと維持して、五十歳くらいになったら、何もいわれなくなるとは思うんだけどねえ」

　ミユキは今度は前後に足を開き、アキレス腱《けん》を伸ばしはじめた。

「それまで何年、我慢しなければならないのよ。このテレビを見て、きっとびっくりした人がたくさんいると思うよ。少しずつ太れば、そんなに目立たないのに、この人、しばらく見ないなと思っていて、突然、出たらこれだから、衝撃は大きいわよ。どうしてテレビ出演をOKしたのかしら」

　マキコは首をかしげている。

「本人は気にしてないんじゃないの。テレビって太って映るらしいから、実際にはこれほどじゃないんだろうけど。でも小さな山って感じよね。太るだけでこんなに印象が違うのね」

　ヒロコは足の裏を揉んでいる。テレビの中の彼女の姿を、ただぼーっとして見ていられなかった。あれだけの美貌で、楚々《そそ》とした彼女が、体重が増えただけで、こんなにおばさんになってしまうのである。きっと彼女は外見よりも、子育てであるとかそういうところに重大な関心がいったのだろうが、それにしても大胆な変身だった。

番組は終わり、音楽とともに彼女の姿が闇に消えていった。

「はーっ」

三人はため息をついた。

「お互い、気をつけましょうね」

ミユキはそれにどういう意味があるのか、まだアキレス腱を伸ばし続けている。

「いい加減にしないと、痛くなるよ。ふだん、運動をしてないんだから」

マキコがそういった矢先、

「いたたた」

とミユキがうずくまった。

「ほら、ごらんなさい」

マキコはすっと立ち上がり、筋肉痛用の薬のチューブを渡した。

「あ、どうも、すみませんです」

ミユキはそういいながら、薬を足に塗りつけた。

「仕事をしているときだって、歩き回っているわけじゃないし、ずーっと立ちっぱなしでしょう。とにかく歩かないのよね」

「人間は足から衰えるらしいよ」

ヒロコが口を挟むと、

「あなたはいいわよ。毎日、一万歩歩いてるんでしょ」

「でもそれだけじゃ足りないって、足裏マッサージの先生にいわれたもん」

「毎日よく歩いてるなあって感心してたのに、それでも足りないんだものね」

マキコは首をぐるぐる回した。

「でも、ミユキちゃんは昔太ってたよね」

彼女の言葉にミユキは、

「そうだよね。気がついたら八キロ痩せちゃったもん」

たしかにヒロコがミユキといちばん最初に会ったとき、もう少し太っていた。ところがそれから、彼女の仕事が忙しくなったり、仕事上のトラブルが続いたりして、まず食事を摂《と》る時間がなくなってきた。お酒は飲むので、ついつい家に帰る時間も遅くなる。そういう生活を続けているうちに、痩せてしまったのである。

知り合った当初、三人で温泉に行ったとき、ヒロコはマキコから、

「伸《の》し餅《もち》を見て、驚かないでね」

といわれた。伸し餅ってなんだろうと思っていたら、それはミユキの背中という意味だった。たしかに伸し餅みたいにだだっぴろかった覚えがある。

「まー、立派な伸し餅」

といいながらマキコと二人で、相撲取りにするみたいに、ぴたぴたと背中を叩いた覚えもある。それが今ではヒロコよりも痩せている。あまりの急激な痩せ方に、マキコとヒロコは、

「悪い病気ではないだろうか。昔は相当男遊びもしたっていうし。足裏マッサージのときは、まるで内臓でいいところがないくらい、あちらこちらよくないといわれてたし」

と心配した。

三人は健康診断が大嫌いである。中年になると、毎年、きちんとやっている人もいるが、これからやる気もない。その点では一致しているのだが、やはり急激に痩せていくと気になる。便秘をしていると、これは相当にまずいといっていたのだが、それはなかったのでひと安心した。今は痩せたことよりも、更年期障害のほうが問題になっているので、いつの間にかミユキが痩せたことは話題にされなくなった。もとから

今の体型だったということになってしまったのである。

「ミユキちゃんはこれ以上、痩せないほうがいいわよね」

ヒロコはいった。ミユキのほうがヒロコよりも十数センチ身長が高いのに、体重はミユキのほうが少なくなった。

「あーあ、三人のなかでいちばんデブなのは私だわ」

ヒロコがつぶやくと、マキコは、

「体重じゃないのよ。問題は体脂肪率よ」

といいきった。ダンベル体操の先生もテレビでそういっていたような気がする。

「筋肉のほうが脂肪よりも重いんだから、筋肉がついていれば体重は重いのよ」

「体重は増えた感じがしないのに体がどよんとなるのは脂肪が増えたせいなのね」

ヒロコはたしかに筋肉が緩んだのを感じていた。中学生時代、運動をしていて、太《ふと》股《もも》や二の腕はぱんぱんに張っていたのに、今はぶよぶよだ。

「そうなのよ。体重なんて表示して歩いているわけじゃないんだから、黙っていればわかりゃしないわよ。見てくれよね、見てくれ。体が締まればいいのよ」

ヒロコの声はだんだん大きくなった。

「私なんか痩せたけど、そのまましゅーっと体重が減っただけだから、ぷよぷよしているのは変わらないわよ」

そういいながら、ミユキが腕を出してみせた。しかしさすがに八キロ痩せたとなると、二の腕のたるみは少ない。

「ああっ、二の腕がぷるぷるする」

ヒロコが腕を横に伸ばし、バイバイをするように手を動かすと、ここにこんなに余っていたのかというくらい、肉が揺れた。

「こいつらはみな、脂肪か」

憎しみをこめてつまむと、マキコは、

「そうだね、きっと」

と冷静にいった。

「マキコちゃんは痩せているし、こんなにぷるぷるしないでしょ」

嫉妬の目つきでヒロコが聞くと、彼女は力強く首を横に振って、きっぱりといった。

「腹がすごい！」

「腹。腹ねえ」

腹なんかとうの昔にせり出しはじめていたが、外から見えないからいいやと思って、ヒロコは自分の記憶から消していたのである。

「それも脂肪かな」

「たぶんね」

しばらく沈黙が流れたあと、ヒロコとマキコはダンベルを手にした。ヒロコはダンベルの中に水を満たし、

「ふんっ、ふんっ」

と鼻息荒く、腕を伸ばしたり縮めたりした。

「よくそんな重いダンベルを使えるわね」

マキコは感心したようにいう。

「どうして」

「私、一キロでもやっとよ」

「最初はそうよ。慣れてきたら少しずつ重くしていけばいいのよ」

二人は真顔で腕を動かした。

「あの人はやっぱり脂肪太りなのかなあ」

ミユキはまた足に薬を塗りながらいった。

「そうじゃなければ、あんなに丸っこくならないんじゃないの」

「でもお母さんって、子育てや赤ちゃんを抱っこしたりして、毎日、重労働でしょう。生きたダンベルを上げ下げしてるんだもの。もしかしたらあれは筋肉なんじゃ……」

ミユキの言葉をさえぎって、マキコがいった。

「重労働だけど、それ以上に食べてるのよ、きっと。摂ったカロリーよりも、消費するほうが少なかったら、太るのは当たり前だし」

「ふーむ、理論的だねえ」

「理論的でもなんでも、頭でわかっていても、体がいうことをきかないのが困るんだよね」

マキコとヒロコは、

「ねーっ」

と顔を見合わせた。和菓子やシフォンケーキなど、誘惑される物は山のようにある。それをすべて拒絶できるほど、三人は意志が強くないのである。

「せっかくやるんだから、ビデオを見ながらやりましょ」

マキコはそういって、ダンベル体操のビデオを映し出した。

「このビデオの女の人たち、にっこりしながらずっとダンベル体操をやり続けてるのよね。よくはあはあしないと思うわ」

「きっと体育大学卒とか在学中の、かわいい子を連れてきてるんじゃないの」

「それなら体力はあるわよね。私、本当に最近、体力がなくなっちゃって」

そういいながらも、マキコはキッとした目で画面を見て、お姉さんたちと同じ格好でダンベルを上げ下げしはじめた。ヒロコもあわてて、真似をした。

「偉いわねえ、よくやるわねえ」

ミユキの半分呆れた声を背に、二人は鼻息荒くがんばっている。ミユキは参加する気配は全くない。それどころかソファの上に置いてあった雑誌を手にした。

「ねえ、どうしてここに印がついているの？」

雑誌のあるページの角が折られて、目印にしてあるのを見つけた。

「えっ、何？」

マキコはちらりと横目で見て、

「ああ、それはヘルスメーター。体脂肪率が測れるの」

「えっ、どうして、どうして」

ミユキはそのページに目を落としたが、

「だめだ。字が細かすぎる。見えない」

と雑誌を閉じ、

「ねえ、どうして測れるの」

とまた聞いた。

「うるさいなあ」

マキコはビデオに目をやり、曲げた背筋の角度を調整している。

「あとでやりなよ。ビデオなんだから、あとでもできるじゃない。ねえ、どうして体脂肪が測れるの」

と食い下がる。

「うるさいわねえ。電流が流れるのよ」

マキコはむっとしていった。

「えっ、電流？」

「そう、詳しいことはわからないけど、裸足《はだし》で乗ると、電流が足を伝って流れて、それでわかるんだって」

「…………」

ミユキは首をかしげている。

「それって、感電じゃないの」

小声になった。彼女は酒を飲んで、道路で男性と大喧嘩をしたり、啖呵《たんか》をきって打ち合わせの場から出ていったりという性格であったが、実は雷が大の苦手であった。今でも雷が鳴ると、稲妻が見える場所にはいられない。見えない部屋に避難して、じっと耳の穴をふさいでうずくまっている。

「野原のロケで、雷に遭ったら?」

と聞いたことがある、すると、彼女は、

「そういう仕事は、断る!」

といった。スタジオの中に入っているときは外で何があっても平気だが、外は絶対にいやだという。マキコとヒロコは、仕事をしていて雷が鳴りはじめると、ミユキのうろたえぶりを想像しては、くすくす笑いながら、今日は何をしているのやらと思ったりするのだ。

「感電じゃないでしょう、それは」

ヒロコもおざなりにダンベル体操におつき合いしながらいった。

「体の中に電気が通るのは感電だよ」

「いちいち体脂肪を測るたびに感電していたら、しょうがないじゃない」

マキコは笑いだした。

「だって……そんな。体脂肪は知りたいけど……怖いわ」

ミユキはしおらしくなって、あらためてヘルスメーターの写真をじーっと見ていた。

三日後、マキコが体脂肪が測れるヘルスメーターを買ってきた。三人は、

「へえ」「ほお」「はあ」

と感心しながら、眺めた。マキコがパンフレットを見ながら、てきぱきと設定していった。身長から割り出すので、身長をインプットしておく必要があるのである。

「よし、完璧！」

そういって彼女は靴下を脱ぎ、インプットした数字のボタンを押して、ヘルスメーターの上に乗った。表示部分にゼロが五つ並び、それがひとつひとつ消えていく。

「カウントダウンっていうわけだね」

三人は息をのんで、どのくらいの数値が出るのかと見つめていた。二十一パーセントという数字が出た。三十歳以上の女性の普通の範囲は、二十から二十七パーセントである。

「やだあ、普通の低い数値じゃない。やだあ」

ヒロコは嫉妬まじりに叫んだ。腹がすごいといいながら、普通の最低ラインというのは、正直いって、納得できない。

「私、やってみる」

ミユキが靴下を脱いだ。

「ミユキちゃんだって痩せたもん。あーあ、きっと私が体脂肪が多いに決まってるよ」

ヒロコはぶつぶついいながら、ダンベルを上げ下げした。測る前に少しでも体脂肪を燃やしておかなければという魂胆である。

「あら、二十三パーセントだわ」

ミユキは拍子抜けしたようにいった。

「やだあ、みんな普通じゃないの。どうしよう、私だけとんでもないことになったら」

「大丈夫、大丈夫」

二人にそういわれながら、ヒロコも靴下を脱いだ。おそるおそるヘルスメーターの宣告を受ける。

「げえっ」

なんと数値は三十パーセント。普通の範囲には入っていない。肥満は三十一パーセントからだから、限りなく肥満に近いのであった。

ヒロコは急に不機嫌になった。

「大丈夫、大丈夫。あの人みたいになるまでには、まだずいぶんあるし。肥満の一歩手前で踏みとどまってるんだから、これからがんばればいいのよ」

ミユキが肩を叩いた。ヒロコは仕事をしながら、まんじゅうを二個食べてしまったことをひどく後悔した。マキコはビデオのボタンを押し、カセットを取り出した。

「これも持っていく？」

目の前に差し出されたカセットを見て、ヒロコは無言でうなずいた。ミユキとマキコは、

「ヒロコちゃんで三十パーセントだったら、あの人なんて四十五パーセントくらいじゃないのかしら」

「それぐらいはあるかもしれない」

とうなずき合っている。ヒロコはそんなことよりも、現実を知ってショックを受けた。このまま食べたい物を食べて、運動もせずに怠けていたら……。頭の中に浮かんだのは、彼女の姿である。顔がさしかえられて自分になっている。ヒロコは、あなおそろしやとびびりながらも、ダンベル体操のビデオを握りしめ、力強く、

「絶対減らしてやるう」

と宣言した。そしてそれを聞いた二人から、

「よしっ、がんばれ!」

とありがたい激励を受けたのだった。

まぼろしのテラスハウス

ヒロコはこのごろ、インテリア雑誌に興味を持つようになった。女性誌、ファッション誌で、毎年、毎年、

「これが流行」

という服や小物が紹介されているのは、昔っから変わりはない。若いころは、

「こういうのが欲しい」

「あら、これもいいわ」

とページをめくるたびに目移りしていたのだが、最近はなんだかそういうことが、どうでもよくなってきたのである。

たしかに若いころは、流行は無視できるものではなかった。あんなに太っていたのに、ミニスカートを穿いたり、ベルボトムのジーンズにロンドンブーツを履いたりしたことを、ヒロコは消せるものなら、自分の人生から消したいと思っている。

「分別があったら、あんなことはしなかった」

どうしてあのときに、冷静に自分自身を見る目がなかったんだろうかと悔やむ。流行の物を着ていれば、かっこいいと人から思われるという錯覚が、そうさせたのだと思う。ミユキのように、たとえ中年であっても、今風のお洒落を自分のものにできる人はいい。だけどヒロコは、自分はそうではないと自覚していた。

「着る物で、恥ずかしい過去ってある？」

三人で夕食にソバ屋でソバを食べているとき、ヒロコはミユキとマキコに聞いてみた。

「そうねえ」

ミユキは首をかしげた。

「高校生のころから、コム　デ　ギャルソンを着てたし……」

というギャルソンは、高校生のヒロコには憧れのブランドであったし、値段も高くて手が出なかった。

「どうして高校生なのに、着られたの」

「そのころ、家《うち》は電器屋をやってて、結構、はやってたの。だからレジからお金をくすねて買ってた」

とミユキはいってのけた。

「やだなあ、泥棒して買ってたの？」

マキコが顔をしかめた。

「泥棒じゃないわよ。自分の家のお金だもん」

「だって、あなたがもらったわけじゃないでしょう」

「いいのよ、別に。母親だって『困ったねえ』っていったくらいで、何もいわなかったもん」

マキコとヒロコは顔を見合わせて、ため息をついた。

「あ、そうそう、一度だけ、私の格好を見て、いったことがある」

「えっ、何を着てたの」

「いや、服じゃなくて靴なんだけど。白くて両側に天使の羽みたいなのがついている靴があったの。それを履いてたら、さすがに、『どうしてそんな靴を履くとね』といわれたわ」

マキコとヒロコはげらげら笑った。

「東京だって、そんな靴、履いてる人なんかいなかったよ」

「きっと羽つきの靴を履いたのは、世界でエルトン・ジョンと、あなたくらいのものだわよ」

「黙ってたけど、さすがに呆れたのね。私もそういわれて履き替えて出かけた覚えがある」

「で、その靴はどうしたの？」

「さあ、いつの間にかなくなっちゃってたから、捨てたんじゃないの」

「あーあ、今と同じ」

マキコはまたため息をついた。

「この人、服を買うでしょう。そして、『ここのところが気に入らない』って、ハサミで切っちゃったりするのね。そして、『あ、変になっちゃった』っていって、捨てちゃうのよ。買ったばかりなのに」

「えー、もったいない」

「でしょう。捨てるくらいだったら、着られるような人にあげればいいのよ」

「だって、切った物はあげられないもん」

「だから、切る前によーく考えて、着ないなと思ったら、何もしないでとっておくの。

そして人にあげればいいのよ」

「はいはい、わかりました。本当にあんたたち、小姑みたいでうるさいわよ」

とミユキは顔をしかめた。

「マキコちゃんはどう？」

「私？　そうねえ……」

マキコは首をかしげていたが、小声で、

「ほんの短い間だけど、アフロヘアだったことがある」

といった。

「アフロヘアあ？」

ミユキがむせてソバを喉に詰まらせたので、ヒロコは必死に背中をさすってやった。

「あー、びっくりした。死ぬかと思った」

ミユキは目を白黒させている。ヒロコはおかっぱ頭のマキコしか知らないので、パーマをかけた彼女を想像できないのである。

「どうしてそんなことになったの」

「ちょっとやってみようかなって思って。若いときって、似合うとか似合わないじゃなくて。ね、そういうときってあるじゃない」

「まあ、あるけど」

「それにしたって、アフロは大胆でしょう、アフロは。ディスコ通いでもしてたの」

「ううん、ディスコには行かなかった。街を歩いてただけ」

「ふーん」

「それにね、ホットパンツまで穿いてたの」

マキコはちょっと恥ずかしそうに告白した。

「ええっ」

ミユキとヒロコは、笑いがこみあげてきて、止まらなくなってしまった。笑いながらヒロコは、人それぞれ、過去があるということがわかり、ほっとした。

「全くね、今、そのくらいのことをやらかすパワーがあればね！　どう、二人とも当時の恥ずかしい格好で過ごすっていうのは。人目も気にしないで、そういうことをするっていうのは、仕事に役立つかもしれないよ」

「ぜーんぜん、役に立たない。びびられて仕事がなくなるのがおちだよ」

「根性がないねえ。人間、ひんしゅくを買わなきゃだめだよ。好かれてばかりいちや」

運ばれてきた日本酒をぐいっと飲みながら、ミユキがぱきぱきといった。

「でも、私、まわりの人に、『困った人に困らされない本』なんて、読まれたくないもん」

ヒロコがそういうと、ミユキは箸を止め、

「あら。私、その件については、ちょっとショックだったのよ」

とヒロコの体を押した。

「だからね、あなたは、ギャルソンでも、ヘルムート・ラングでも、ドリス・ヴァン・ノッテンでも、好きな服を着ればいいのよ。だーれも文句はいわないから」

ヒロコが静かにいった。マキコもうなずいている。

「あなたって、本当に普通の顔して、ぐさっとくるようなことをいうのね。ロンドンブーツやアフロにそんなことをいわれたくないわ」

ミユキがそういったとたん、三人の笑い袋は爆発し、またぐぐぐぐっと、箸を持ちながら前のめりになった。

「でも洋服って、とっても欲しくなるときと、なんでもいいって思うときがあるわね」

「そうそう、波があるよね。今、私は洋服よりもインテリアに興味があるな」

マキコとヒロコの話を聞いていたミユキは、

「インテリア？　引っ越すの？」

と聞いた。

「引っ越す予定はないけど。身につけて外に出ていくものよりも、家の中をちゃんとしたいと思うようになってきたのよ。年をとったのかもしれないけどね」

ヒロコがしみじみといった。前にはそんなことがなかったのに、とにかく家の中を居心地よくしたいと思うようになったのだ。

「私、引っ越しって聞くと、もうだめなの」

ミユキがますます前のめりになった。

「もう、だめって？」

「すぐに自分も、引っ越したくなっちゃうの」

マキコはソバをすすりながら、

「変わってるねえ」

とつぶやいた。

「でも、私、引っ越し好きだからわかる。人が引っ越したって聞くと、いいなあって思うのよ」

ヒロコはこれまで、契約更新ごとに引っ越していたので、ひとっところに二年以上、いたことがないのである。

「私は面倒だから、なるべく動きたくないな」

マキコがいった。

「そうよ、あなたまるで、石みたいに動かないんだもん」

「だってしょうがないじゃない。若いころはいいけど、もうそんな力もないわ。部屋の中の荷物を全部、動かさなきゃならないのよ。想像しただけでも、うんざりしちゃう」

ヒロコも自分の家にある本や雑誌を運ぶことを考えたら、ため息が出る。

「運ぶのは運送屋さんのお兄ちゃんたちじゃない。自分じゃやらないよ」

ミユキは日本酒を飲みながらいう。

「だって、荷造りがあるもの」

「古いわねえ。今はそれも全部やってくれるのよ」

「知ってるけど。人に触られて平気な物と、そうじゃない物ってあるし」

「何から何までっていうのも、便利だけどちょっとね」

「何をごそごそいってるの」

ミユキは呆れている。

「引っ越しなんて、その気になったら、ぱーっとやっておしまいよ」

「あら、そうかしら」

マキコは静かにいった。

「ミユキちゃんは洋服が山のようにあるから、大変じゃないの」

なんでも、オーダーしたクローゼット五つ分。スニーカーだけでも五十足。それに見合ったバッグの数々。

「おまけにね、家に入らなくなったからって、うちの押入れにも入ってるの」

マキコは淡々といった。

「ええっ」

マキコの部屋の押入れはごく普通の一間の押入れである。

「あの上半分がね、ぜーんぶ、この人の服」

「あら、やだ、Tシャツとか、そういう細かいものよ」

ミユキはちょっと恥ずかしそうにした。

「引っ越すときには、うちの押入れの分もきれいに持っていってね」

「わかってるわよ」

ミユキははーっと息を吐いた。

「生活をリフレッシュすれば、また、新しい考えも湧いてくるっていうものよ」

ヒロコとマキコはうつろな目をしてうなずいた。

「やる気がないねえ。よし、わかった。私があなたたちのそのなまけた体に活を入れてあげる。引っ越しましょう」

「はあ？」

「引っ越すのよ。三人で同じところへ」

「はあ？」

ミユキは、楽しそうに三人で住むという計画を話しはじめた。三人でといっても、それぞれ仕事があるから、一緒に住むわけではない。

「いちばんいいのは、三軒がつながった、テラスハウスなのよね。私、ちょっと不動産屋に聞いてみるわ。いい物件があったら、連絡するから。今からいらない物を処分して、待ってて」

ミユキの目は輝きはじめた。

ヒロコは全く引っ越しなど考えていなかった。一人には十分な広さだし、ベランダも広いし、大家さんもとてもいい人だ。なんの問題もない。しかしミユキにそのようにいわれたら、ちょっとその気になってきたのである。インテリア雑誌を見ても、正直いって真似をしたいという部屋はない。部屋だけはかっこいいが、そこに人が住んで、生活することを想像すると、何かちぐはぐな気がしてならない。雑誌のグラビアでも、まるでショールームのような部屋に住んでいる人がいたりするが、

「本当にいつもこの状態で住んでいるんだろうか」

と首をかしげる。整理整頓が苦手なヒロコは、きっちりと片付いている部屋はとても居心地が悪い。せっかく家にいるのに、頭の中がゆるまないような気がしてくるのである。ヒロコの理想は、ちょっと古びたテラスハウスの三軒つながりだった。木造モルタルでもいいから、周囲に木があって、のんびりできるような場所がいいと思っ

ていた。が、そんなところがあったとしても、一度に三軒の空きがあるとはとても思えなかった。

　引っ越し計画からしばらくたって、ミユキから電話があった。ファッション雑誌に載っていた不動産情報で見た業者が、面白い物件を持っていそうなので、連絡をしてみたというのである。

「速攻ねえ」

　ヒロコが驚くと、

「当たり前じゃないの。あなたたち二人はどうせ、じーっと座ったっきりで、何もしないんだから、私がやるしかないわよ」

「はあ、まあ、それはごもっともです」

「それでね、いい物件があるらしいから、図面を持って、あさっての二時に、営業の女の人にうちの事務所に来てもらうことにしたから。マキコちゃんと来て。よろしく」

　あっという間にこんなことになってしまい、ヒロコはうれしいやらうろたえるやら、複雑な気持ちになっていた。

当日、ミユキの事務所に行くと、入り口でマキコとばったり会った。これから仕事に行くのか、大きなバインダーを持っている。

「ミユキちゃん、急な用事が入って、出かけなくちゃならなくなったんだって。もしかしたら間に合わないかもしれないっていってた」

二人はエレベーターに乗りながら、

「それだったら、別の日にしてもらえばよかったのにね」

と話し合った。

「私もそういったんだけど、『二人が見てよければいいから、決めていいよ』なんていうのよ。もしもそんなことをしたら、あとでなんていわれるかわからないわ」

マキコは顔をしかめた。

「そうだよね、あの人がちゃんと見ないとね。私たちだけではとても決められない」

二人はぷるぷると頭を横に振りながら、エレベーターの階数表示を眺めていた。

事務所には、きっと『困った人に困らされない本』を読んだに違いないデスクの女の子、といっても二十歳は過ぎているのだが、彼女がぬーっと立っていた。彼女がとても気がきかなくて困っていると、二人はミユキから聞かされたことがあった。

「あのう、社長は、あのう、午前中に用事ができてしまって、出かけました」

そういったまま黙ってしまい、またぬーっと立っている。

「午前中に連絡をいただいたので、わかっています。不動産屋さんの件は聞いてますよね」

マキコが確認すると、

「はい」

といって棒立ちのままうなずいた。これではまるで、小学生である。こういう若者を見ると、マキコもヒロコも、

「秘書やアシスタントを雇わなくてよかった」

と心から思うのである。

時間どおりに不動産屋の営業の女性がやってきた。妙に喋りがはきはきしている。仕事ができるというよりも、営業用にそうしているように思われた。

「本日はありがとうございます。条件をお伺いしましたが、今、建設中の物件がございまして、そちらがいかがかと思うのですが」

彼女はテーブルの上に図面を広げた。デスクの女の子は、興味深そうにのぞき込ん

でいる。

（こんなことに首を突っ込まないで、デスクに戻ればいいのに）

ヒロコはそう思いながら、図面に目をやった。

「最近ではとても面白い物件だと思います。外見は今のところ、白壁とガラスブロックになる予定です。広さはさまざまで、全体で十一軒になります。テラスハウスですので、一階から三階まで、このような造りになっております」

彼女は十一軒がつながった平面図を、七枚並べた。一階から三階まで、それぞれの階の図面と、東西南北から見た外見の図面であった。場所はマキコの住んでいる隣町だった。建築家が凝って造ったらしく、建物全体が直方体ではなく、ヘビのように蛇行している。とにかく曲線ばかりなのである。

「まだ建っていないから、はっきりとはわからないでしょうけど、部屋の中はどういうふうになるのですか」

マキコがいうと、不動産屋の女性は、

「本当にこんな専門的な資料しかなくて、申し訳ございません。外見がこうなっておりますので、室内もかっちりと四角ではなく、あちらこちらにカーブがあるというか、とにかく面白い造りになるはずです」

とにこやかに答えた。

「はあ、そうですか」

しばらく、二人は図面を見ては首をかしげていた。今ひとつイメージが湧いてこない。

「部屋が四角じゃないと、家具を置くのにちょっと不便なのよね」

ヒロコはそうつぶやいたあと、

(ばばくさいことをいってしまった)

と後悔した。そっと不動産屋の女性の顔を見てみたが、彼女は相変わらず、笑みを浮かべているだけであった。

「もし借りるとしたら、ここの三軒かなあ」

マキコが図面を指さした。東南方向の三軒が、広さも2LDKの七十平米で、三人には使いやすそうだと思われた。テラスハウスなので、住居面積が二階、あるいは三階に区切られていて、ひと部屋ひと部屋はそれほど大きくない。全体が百六十平米の部屋は広すぎるし、四十八平米くらいの部屋では使い勝手が悪い。

「こちらの部屋のうちのひとつは、吹き抜けになっておりますので、圧迫感がないのでおすすめです」

といわれても、平面図を見ただけではとても建ったときの状態は想像できない。

「はあ、そうですか」

「とりあえず、これをお預かりしておいて、あとでご連絡するということでいいでしょうか」

二人がそういうと、不動産屋の女性は、

「結構ですよ。どうぞよろしくお願いいたします。でも、だいぶ問い合わせをいただいておりますので、お早めのほうがよろしいかと思います」

流れるように話をして帰っていった。

「よくわからないわねえ」

二人は平面図を目の前に広げてため息をついた。

「どうなることやらねえ」

首をかしげながらちょっと途方にくれた。

マキコとヒロコは、不動産屋の女性社員からもらった図面を手にし、それぞれ自分の仕事に戻った。そして夜、マキコの家に集合した。マキコはちゃんとミユキの分の図面をコピーしていた。

「今日はごめん、ごめん」

そういいながらミユキがやってきた。

「悪かったわねえ。うちのデスクの子、ちゃんと挨拶できてた？」

「ちゃんとやってたけど、私たちが不動産屋の女の子と話しているときに、ずっとそばで見てたわよ」

マキコがそういうと、ミユキは、

「はーっ」

とため息をつき、

「そうなのよ。自分の仕事さえろくにできないのに、人のことになると首を突っ込むの」

と顔をくもらせた。前にも、

「このようなことをしては困る」

というと、

「はい、はい」

と大きくうなずいて返事をするものだから、わかったのだなと思っていると、全然、わかっておらず、何度も同じことを繰り返したことがあった。ミユキもそれにめげてはならじと、何度も文句をいうと、反論するようになってきたというのだった。

「細かいことなんだけど、電話を受けたときのメモ用紙ってあるでしょ。うちは普通の会社じゃなくて、美的な物を創《つく》る商売だから、ちゃんとしかるべきところで買った、洒落たメモ用紙を使うようにしているのよ。仕事関係の人が事務所に来て、置いてある物を見た印象っていうのがあるでしょ」

ミユキはいった。

「それはあるわねえ」

マキコとヒロコはうなずいた。

「で、あの子がね、せっせとファクスの裏とか、書類の裏が白い物は全部とっておいて、カッターでメモにいい大きさに切っているわけ。それをクリップでとめているわけよ」

「あらー、私もやったわ。ＯＬのとき」

ヒロコはいった。

「私もやった」

マキコもいう。あのメモ用紙作りというのは、仕事がやりたくないときにすると、仕事をやってないのにもかかわらず、やっているようなふりができるし、周囲からも、

「偉いねえ」

などといわれたりして、暇つぶしには最適だったのだ。

「私もやったことはあるわよ。たとえば、普通の会社だったら、それはちゃんとした立派な社員よ。経費節約のために無駄にしないし、とってもいいことだと思うわけ。だけど、うちはそうじゃないことをわかってほしいのよ。無駄かもしれないけど、そういう物を使いたくないわけね」

「そうだよね」

二人はまたうなずいた。

「それが、あの子にはわからないのよ」

「うーむ」

「何度いっても、私が捨てたファクスを拾ってメモ用紙を作るの。もう頭にきちゃっ

て、『何度も同じことといわせないで！』って怒ったら、なんていったと思う？　『社長はエコロジーのことを考えたことはないんですか。地球は危機的状況なんですよ』っていうの。挑戦的でしょう。そんなこと、あんたにいわれなくても、わかってるわいっていいたいわよ。ね、そうじゃない。やだねえ、自分はいかにもいいことをしているっていう自信のある人間って。それもまだあんなに若いのよ。この先どうなっちゃうんだか……。あ、そうだ、ビール飲んじゃお」

早口でまくしたてて、ミユキはキッチンに消えた。

「あなた、お酒を飲むようになったの」

ヒロコが小声で聞くと、マキコは首を静かに横に振った。

「違うの。勝手に買ってきて、うちの冷蔵庫にキープしてるの」

という。

「ええ？　じゃあ、服だけじゃないの」

「そうなの」

二人は、離れて住んでいる今でさえこうなのだから、テラスハウスの隣同士に住むとなったら、いったいどうなるのかと、小声で話した。

「きっとね、うちの半分のスペースは、あの人の持ち物で埋まると思う」

マキコは無表情でいった。

「そうだよね。その可能性はあるよね」

グラスにビールをいっぱいに入れて、ミユキがにこにこしながらやってきた。

「あー、うまい。ビールってこのひと口ふた口がおいしいのよね。ちょっと、何を相談してるのよ」

「いや、別に」

ヒロコとマキコはちょっとおびえた目になって、体を引いた。

「あやしいわねえ。何いってたのよ」

「何もいってないよ」

「うそだよ。私のこと、何かいってたでしょ」

「いってないよ。さ、図面、図面」

マキコがテーブルの上に図面を広げた。ミユキは腑《ふ》に落ちないという顔をしていたが、図面を広げると、興味深そうに目を落とした。マキコが不動産屋の女性社員がいったとおりに、説明をした。

「ふーん、でも、これじゃよくわからないね」

「そうなのよ。これを全部見て、立体にしろっていわれたって、頭の中で組み立てられないもん」

「わからない、わからない」

三人はうなずいた。

うなずきながらも三人は、なんとかテラスハウスをイメージしようと、必死になった。

「ここがこうなっているということは、曲がっているから、家具は置けないわね」

「一階と三階にトイレがあるのか。でも一階の部屋はただの箱ね。収納スペースもないし」

「収納は少ないよ」

そういってマキコはじっとミユキを見た。

「あら、やだ。どうしたの？　そんなにじっと見ないで。照れちゃうわ」

マキコはため息をついて、また図面を眺めた。

「スペース的には、やっぱりここよね」

「そうなんだけど、どの部屋も今住んでいるところよりも、少し狭いでしょう」

「そうなの、狭いのよ」

「それじゃあ、どう。ぱっと、このいちばん広い部屋を三人で借りるっていうのは」

ミユキが明るくいった。

「何をいってるの」

真顔でいったのはマキコだった。

「そんなの、絶対にいや」

きっぱりといいきる。

「私もいや」

ヒロコも小声でいった。

「どうして、どうして、ねえ。部屋だってたくさんあるよ。トイレだってふたつあるし。ね、ね」

「やーだ！」

二人は声を揃えていいきった。

「あら、そうなの。どうしてかしら」

ミユキは元気がなくなり、ちょっとしゅんとしていた。

三人は不動産屋に申し込みをするために、三軒続きの一角、D、E、Fとつけられている部屋を選んだ。

あらためて図面を点検すると、収納がとても少ない。一階は全くなし。二階はキッチンとリビング。三階はベッドルームになっているが、収納らしきものといったら、三階のクローゼットしかないのだ。

「本は一階にぶち込むしかないわねえ」

ヒロコはつぶやいた。

「一階を仕事場にするしかないか。でもちょっと狭いのよね」

マキコもいう。ミユキはFの図面を指さして、

「ここは吹き抜けになっているのね」

という。

「そこがウリらしいよ。不動産屋の女の子がいってた」

「ふーん。じゃあ、私はここにしようかな」

ミユキが決めたのは、Fの部屋だった。そしてヒロコがD、マキコがEの部屋を選

んだ。

「じゃあ、とりあえず、こういうことにしましょう」

そしてそのあと、ミユキはワインを飲み、ヒロコとマキコはお茶を飲みながら、テレビを見てぶつぶつ文句をいい続けた。
二、三日して、ミユキから電話があり、不動産屋から、ミユキのところに申込書が送られてきて、それに記入してファクスで返送するようにということだった。
「不動産屋の女の子に、申し込み状況はどうですかって聞いたら、『あちらこちらから申し込みが多いので、お早めにお願いします』っていうの。そして、『名前をいえば、どなたでも知っているカメラマンの方も、申し込まれているんですよ』っていってた。それがどうしたっていうのよねえ」

「そうよ、それがどうしたっていうのよ」

「だけど女の子がそういうのよ」

「変なの。本当に若い子っていうのは、わけがわからないことをいうわね」

ヒロコとミユキはまたぶつぶつ文句をいったあと電話を切った。ヒロコのところにも申込書がファクスで送られてきた。保証人、保証人の勤めている会社の資本金、保証人の年収まで書く欄がもうけられている。こういう書類を見ると、保証人まで巻き込む引っ越しって、面倒くさいなと思ってしまうのだ。いつも保証人になってもらっている人に頼み、頭を下げてプライベートなことも聞き、書類を埋めて不動産屋にファクスを流した。翌日、妙に明るい、

「申し込みのファクス、間違いなくいただきました」

という女性社員からの電話がかかってきた。

それから半月たっても、不動産屋からは何もいってこない。三人はまた頭をつき合わせて会合を持った。

「どうしたのかしら」

「申し込みの審査に落ちたんじゃないの」

「そんなことないでしょう。それだったら連絡があるだろうし、第一、こんな時期に、あんな変わった家賃の高い場所に、住みたいなんていう人間はいないって」

「でも有名なカメラマンが申し込んだんでしょ」

「そうはいってたけどね。よくわからないわ」

三人で首をかしげた翌日、マキコから、

「今から来ない？」

と集合の電話がかかってきた。そこには仕事帰りのミユキがいて、

「今日、不動産屋に寄って、テラスハウスの模型を見てきた」

といった。

「模型？」

ヒロコが驚いていると、マキコが、

「『図面だけじゃわからないから、テラスハウスの全体がわかる物は何かないですか』って聞いたら、模型を見せられたんだって」

といった。

「建物はね、外見はなかなか面白かったわよ。中まではよくわからなかったんだけどね。まだはっきりと内装も決まっていなくて、建てながらやっていくから、出来上がるのはちょっと遅れるみたい」

そういわれても、まだ頭の中でイメージできない二人は、

「ふーん」

というしかなかった。

それからまた半月以上、なんの連絡もなかった。三人は顔を合わせるたび、

「どうなってるのかしらねえ」

といい合っていたが、気分はすでに引っ越しの方向に向かっていた。ミユキは車で、ヒロコ、マキコは仕事の帰りに、遠回りをしてテラスハウスの建築状況を偵察しに行った。周囲は木に囲まれ、緑がとても多い。細かいところは建築現場の塀に囲まれていて見えなかったが、おおよその雰囲気はつかめた。緑は好きだが、蚊が大嫌いなヒロコは、下北沢の雑貨店で、大ぶりのお香入れを買った。直径が二十センチほどの白い蓋物《ふたもの》の陶器で、蓋にはいくつか小さな丸い穴が開いている。これを蚊取り線香入れに使おうと思ったのである。

部屋にあふれかえっている荷物を、腕組みをして眺めては、テラスハウスの部屋に納まるだけに処分しなくてはと頭を悩ませた。マキコはマキコで、同じように荷物の処分に頭を痛め、実家に電話をして預かってくれるように交渉したところだった。ミユキはテラスハウスに合うような家具を作ってほしいと、知り合いの家具店にすでに連絡していた。イメージが湧かないといいながら、三人はどんどん引っ越しへと気分が動いていったのである。

やっと内部が見られると連絡があったのは、申し込みをしてから、数か月がたったころだった。引っ越し気分になっているときには、物を処分したりもしたが、あまりに待たされたので、その間に引っ越しがひかえているということを忘れ、また物を買って元の木阿弥《もくあみ》になったりした。大雨の日の午前中、三人はミユキの車で現地まで行った。そこでは不動産屋の若い男性社員が待っていた。まだ建築中なので、三人は現場で働いている人々に、

「どうもすみません。お邪魔します」

と頭を下げた。

「それでは、これを」

三人は建築現場の工務店の白いヘルメットをかぶり、案内されるまま、テラスハウスの中を歩き回った。ある場所ではぐるぐると螺旋《らせん》階段を回らされ、

「建材が下に置いてあるので、このまま下には降りられないから」

と建設中の隣の部屋に移動したりしたので、いったいどこがどこやらわからなくなった。三人の頭の中は相変わらず渦巻き状態だった。そのうち、マキコが、

「あっ、傘を忘れてきた」

と声を上げた。

「どこですか、取ってきましょう」

と男性社員がいってくれたが、

「どこで忘れたかもわからない」

と彼女はつぶやいた。本当にそういいたくなるくらい、ぶち抜きの蛇行しているテラスハウスを歩くのが、こんなに大変だとは思わなかった。

「ここがE室です」

「あ、そうですか」

マキコの目が輝いた。内装は真っ白で、すでにシンクとガス台が運び込まれていた。想像した以上に小さい。図面に書いてあった広さが本当なのかといいたくなるくらい、中も狭く感じる。口には出さないまま、次にD室に行った。今度は一度、一階に降りてから、部屋に入った。玄関らしき場所の横に、レンガ造りの小さな囲いがあった。幅が狭く小さなスペースだ。

「ここは傘置き場ですか」

と尋ねたヒロコに、男性社員は、

「いえ、ここはトイレです」

と答えた。

「えっ、トイレ？」

たしかに一階にトイレがあったのはわかっているが、こんなことになっているとは思わなかった。二階のリビング・キッチンも思ったように狭く、三階のベッドルームに設置してあった洗面台も安っぽい物で、ヒロコは失望した。

「ここはF室です」

ミユキが申し込んだ吹き抜けのある部屋だったが、中を見て三人は驚いた。

「ここは吹き抜けではなくて、若い人が住むようなマンションによくある、ロフトでしょう」

思わずみんなでいってしまった。吹き抜けというから、天井も高く、すかっと抜けているのかと思ったら、空いたスペースに無理やりベッドルームを造りましたという感じであった。男性社員は、黙って苦笑いしているだけだった。

白いヘルメットを取り、マキコの傘もやっと見つかり、三人が帰ろうとすると、車に乗った青年がやってきた。ソフトスーツを着て髪をオールバックになでつけ、香水の匂いをぷんぷんさせていた。テラスハウスを見に来た人のようだった。現場の人々に挨拶をして、三人は帰り、それぞれの仕事をした。

その夜、三人は集合し、会合を持った。

「どうする？」

ミユキがいった。

「私はねえ、バツよ」

ヒロコはいった。

「そう、やっぱり」

「住んでいてもあれじゃあ、安らぎが感じられないような気がするの。事務所だったらいいと思うんだけど」

マキコがいう。

「そうなのよ。どことなく安っぽいのよね。あのシンクを見た？」

「見た見た、あれじゃ何も作れないわよ。あの造りだったら、せめてガス台が三口ないとね。ああいうところを見ると、人が住むというよりも、事務所向きにしているような気がするけど」

「住むっていう感じじゃないわよね」

「洗面所も安っぽかったし。あれだけ家賃を取るんだったら、もうちょっとちゃんとしてほしかったなあ」

「D室って家賃はいくら？」

「四十万よ」

「それじゃあ高いわねえ」

「でしょう？」

「それに、あのトイレ何？」

「冬場にあのトイレに入ったら、年寄りだったら倒れちゃうわよ」

「ブー、フー、ウーのウーの家じゃないんだから。あんなふうにされてもねえ」

「何か変よね」

「あの吹き抜けだってないよね。五十近い女は、ああいうところには寝られないわよ」

「お風呂もちょっと見たけど、追焚《おいだ》きタイプじゃなかったわよ」

「あれはもったいないのよ、お湯が」

ミユキは真剣な顔でいった。

「そうなの、そうなの」

三人は山のようにテラスハウスを批判した。そして引っ越しはやめになった。ミユキが三人の意思をまとめて、不動産屋の女性社員に連絡をした。ヒロコの蚊取り線香入れも包装されたまま押入れに入れられ、ミユキは家具のオーダーを取り消し、マキコは実家に荷物を預かってもらう必要はなくなったからと電話をかけた。

「長かったわねえ」

三人の引っ越し熱は、しゅるしゅると風船がしぼむように消えていった。

「特別、今の住まいに不満がないんだから、のんびりやりましょ。ねえ、都心の広い一戸建てを三人で借りるっていうのはどう？」

ミユキが明るくいうと、マキコとヒロコは真顔で、

「絶対にいや」

ときっぱりといいきった。

クリスマス・イブ

「あーあ、退屈だ」

ヒロコはつぶやいた。今日はクリスマス・イブである。世の中は毎年、クリスマス・イブをカップルでという風潮になっていて、彼氏もおらず、そんな甘いイブの夜を過ごした経験もないヒロコは、ぼわーっと大あくびをした。電話が鳴った。

「もしもし」

「ね、何やってんの」

ミユキだった。

「別に」

「ふーん」

「あなたは？」

「別に」

「ふーん」

そういって二人は、同時に、

「はーっ」

とため息をつき、そのあと、

「ぐふふふ」

と照れたように笑い合った。

「ねえ、マキコちゃんも誘ってさあ、ぱーっとどこかに行かない？」

ミユキの言葉にヒロコは、

「いいよ」

とうなずいた。

「今日、仕事は？」

ヒロコが聞くと、ミユキは、

「本当は入っていたんだけど、急に撮影がキャンセルになったの。相手の体調が悪くなってね」

彼女はある女優の名前をいった。

「ふって湧いた休みっていうわけね」

「そうなのよ。でも、どこに行こうか」

「そうねえ、へたなところに行って、混雑に巻き込まれたくないし」

「そうだ。あなた、石物に興味が出てきたっていってなかった」

ミユキがいった。ヒロコはこれまで、金、銀、珊瑚《さんご》のたぐいには全く興味がなかったのだが、四十歳を過ぎてから、石物の指輪に興味が出てきた。それを先日、ぽろっといったのを、ミユキが覚えていたのである。

「まあ、そうだけど」

「わかった、じゃや、ブルガリに行こう、ブルガリに。ぱーっときれいな物でも見ようよ。私、マキコちゃんのところに電話しておく。彼女の都合が悪かったら、折り返し電話するから。じゃあ、あとでね」

電話は切れた。

「ブルガリかあ」

やっぱりああいうところに行くとなると、ゴージャスな格好をしなければいけないのだろうか。だいたい、ゴージャスな服なんか持ってないし、スニーカーじゃまずいだろうから、ローファーにすればいいか、などとあれこれ考えながら、ヒロコがチノパンツをウールのパンツに穿き替えたとたん、玄関のインターホンが鳴った。

「はあい」

「行くよー」

ミユキだった。

「車の中でマキコちゃんは待ってるから」

「ちょっと、早すぎない？　ねえ、どんな格好をしてんの」

走っていってドアを開けると、

「こんな格好」

といいながら、ミユキはモデルのようなポーズをとっていた。チェックのパンツにセーター、その上にオレンジ色のジャケットを羽織っている。足元はパトリックのスニーカーだ。

「こんな格好でいいよね」

おそるおそるヒロコが聞くと、ミユキは、

「平気、平気。マキコちゃんも似たりよったりだよ」

という。ジャケットを手に下に降りると、

「こんちは」

と手を振りながら、マキコがベンツのシートに座っていた。

「もう、眠くて眠くて」

彼女はぼわーっとあくびをした。

「このところ年末進行で、仕事がたまっちゃってて。三時間しか寝てないの。ヒロコちゃんは？」

「私のほうは、昨日の夜、最後の原稿を渡したから、暇なのよ」

「そうか。私は今日帰ったら、あとひとつ、描かなくちゃ」

「えっ、大丈夫だったの？」

「まあね。買うつもりはないけど、きれいな物を見て、目の保養をしようかなと思って」

「今日はあなたのために行くんだからね。わかってる？」

車を運転しながら、ミユキがいった。

「え？　私のため」

ヒロコは驚いた。

「そうよ。そうに決まってるじゃない。私は光り物には興味がないし、あなたは石物に興味が出てきたっていったじゃない。だから今日は、あなたのために私は運転手、マキコちゃんはアドバイザー」

「そうそう」

あくびをしながら、マキコもうなずいた。

「えー、そんなあ。どうしよう」

ヒロコはあせった。石物の指輪があってもいいなとは思っていたが、まさかこんなことになるとは想像もしていなかった。でもこうなったら、しょうがない。

「すみませんねえ」

といいながら、ヒロコは緊張して革張りのシートに座っていたのである。

「どうしてこんなに混んでるのよ」

ミユキはため息をついた。

「だってしょうがないよ。クリスマス・イブだし、おまけに休みだもん」

「そうか、休みか」

ミユキはまたため息をついた。

「じゃあ、あの原宿あたりはすごいわね。去年もうっかり仕事の途中にあの道に入っちゃって、全然車が動かなくて困ったわ。あれはきれいだけど、急いでる人間にはいい迷惑よね」

「ふむふむ」

ヒロコとマキコはうなずいた。

街は浮かれていた。都心に近づくにつれて、周囲の車に乗っているのは、ほとんどカップルになった。

「あの子たち、これからどうするのかねえ」

ミユキがいった。

「遅めの昼御飯を食べて、映画でも見て、晩御飯を食べつつプレゼントを交換して、まあ、そのあとはいろいろっていうところじゃないの」

ヒロコは横に停まっているBMWをのぞき込みながらいった。二十歳そこそことい った男の子と、モデル風の女の子が乗っている。

「今でも男の子が女の子に貢ぐっていうようなことはあるのかしら」

ミユキは渋滞にいらついているようだった。

「うん。彼女のために給料を前借りするらしいよ」

ヒロコがいうと、

「ふーん」

とミユキとマキコは呆れていた。そしてしばらく沈黙が流れ、まるで、せーの、でいったみたいに、三人は、

「全くねえ」

とつぶやいた。

車の中もカップル、歩道もカップル。そこいらじゅうカップルだらけである。

「てめえら、ぶっとばすぞ」

ミユキは怒鳴った。横の車には禿《は》げたおじさん一人が乗っていた。

「あのおじさんも、これからデートか？」

「えっへっへ」

ヒロコとマキコはへらへら笑いながら、あくびをしたり、外の景色をきょろきょろと眺めたりしていた。

あっちこっち渋滞にひっかかりながら、ブルガリに到着した。もとは有名な歌舞伎

役者の住居だったところだ。ヒロコは昔、その前を通り、純和風の建物と表札を見て、なるほどと思ったのであるが、それがブルガリに変わっていたとは知らなかった。

店の前には車が何台か停まっていた。

「いるよ、いるよ。プレゼントを買いに来た人たちが」

マキコがいった。

「ま、こんな格好でブルガリに行くというのも、一興だね」

ミユキの言葉に、

「まあね」

と答えながら、三人は車を降りた。

三人の姿を見て、中にいた女性の店員さんが、静かにドアを開け、

「いらっしゃいませ」

と頭を下げた。中には小さなショーウインドーがいくつかあり、指輪、時計などがディスプレイされていた。

「あ、これ、かわいい」

ミユキがショーウインドーをのぞき込んだ。ヒロコとマキコもあわてて彼女の背後

からのぞき込んだ。かわいい指輪がいくつか並んでいる。

「知り合いの女の子にプレゼントしてあげようかな」

「どれ？」

「この緑の」

「かわいいね、シンプルでいいじゃない」

「そうだよね、かわいいよね」

三人がごちゃごちゃいっていると、店員さんが、

「お気に召した物がありましたら、お持ちいたしますので、こちらへどうぞ」

と個室風に造られているコーナーに案内してくれた。他に来ているのは、三十代半ばと思われる、ごくごく普通の夫婦と、年配の男性と華やかな感じの三十歳過ぎとおぼしき女性だった。他の客と顔を合わせなくてもいいような造りになっている。

「あら、あの人、テレビで見るより、実物のほうがましね」

ミユキの言葉にヒロコとマキコは、

「え、何が」

とたずねた。

「ほら、今、店を出ていった人、あの女優と噂になっていた実業家じゃない」

男性の名前を聞いて、ヒロコとマキコは、

「えーっ」

とびっくりした。二人はショーウインドーに目が釘付けになり、彼が通り過ぎていったのに、気がつかなかったのである。

「どうして教えてくれなかったの。私、見たかったな、実物」

マキコは悔しがった。

「見たかったなあ」

ヒロコも声を上げた。

「ふっふっふ。私は見ちゃったもんね」

三人のやりとりを、店員さんはくすくす笑いながら聞いていた。

「つまんなーい」

ふくれているヒロコたちにおかまいなく、ミユキは、

「あそこに飾ってある指輪を見せて下さい」

とてきぱきと頼んでいた。

「教えてくれたっていいじゃないねえ」

「そうよ、自分だけ見て、ずるいよね」

「そうだよ。私たちが気がついてないと思ったら、いってくれるのが親切っていうもんよ」

ヒロコとマキコがぶつぶついっていると、ミユキは、

「うるさいよ、あんたたち」

と一喝した。そのとき店員さんが、ビロード張りのトレイに、ウインドーに並べてあった指輪を全部載せて持ってきてくれた。

「どうぞ、ごらん下さい」

三人はさっきまで揉めていたのもころっと忘れ、目の前の美しい指輪の数々に目が釘付けになった。

「かわいいねえ」

ヒロコの言葉にミユキとマキコもうなずいた。二十個以上のきれいな指輪が、目の前で光り輝いている。正直いって、ヒロコはこれまでブルガリのデザインは好きではなかった。色石がやたらとごてごてと使われた、ネックレスや指輪。海外の店舗のウ

インドーに、うやうやしく飾られているのを何度も見たことがあるし、雑誌のグラビアでも目にしていた。もちろん値段も相当なものだ。雑誌のグラビアに掲載されているのは、そのような、すぐには手の届かない物ばかりであった。

「こんなかわいい物があったなんて、知らなかったわ」

マキコとヒロコは指輪に手を伸ばした。

「私は今日は運転手だから、あなたたちは好きなのを選びなさい。だいたい、私は色のついた石って似合わないのよ」

ミユキはそういって椅子の背にもたれかかった。

「どうぞ、お試し下さい」

店員さんはとっても親切だった。

「そうですか、すみません」

ヒロコはそういって、丸くカットされた小ぶりな色石がふたつついている指輪を手にした。ピンクと緑色のかわいい色石である。

「ふーむ」

指にはめてみた。色石の指輪なんてしたことがないので、似合うのか似合わないのかよくわからない。

「なるほど」

指輪をはめた手を近づけたり、遠ざけたりして、じーっと見つめているうちに、よけいわからなくなってきた。あからさまに値段を見るのははばかられたので、サイズが合っているか確認するふりをして、そっと値札を見た。自分がこれまで知っているブルガリの指輪の値段の半分以下であった。

その指輪をはずし、同じようなデザインで、同じ色の石がふたつついたのをはめてみたが、ぴんとこない。石の大きさも形もそれほど変わってはいないのに、似合わない。緑色の石がひとつだけついている指輪もはめてみた。ひどく地味だ。

「ねえ、これ、似合わないよね」

隣で同じように指輪をはめたりはずしたりしているマキコに左手を見せると、

「うん、似合わない」

とはっきりいわれた。

「マキコちゃんはいいわねえ。本当に指がきれいなんだもの」

ヒロコはため息をついた。子供のころからころころしていて、赤ちゃんの手といわれ、中年になってから、それにしわもまじってきた、おばさん子供のような手のヒロコは、上品なマキコの手を素敵だと思っていた。指が細く、白く、長く、どんな指輪でもしっくりなじんでいる。

「似合わない物もあるわよ。ほら、これなんか、全然だめよ」

あまりにシンプルすぎるのは、マキコの指には淋しい感じだった。

「でも、若い人だとこういった、小さな石がぽちっとついたシンプルな指輪が似合うのよね。四十になれば、それなりに手も年をとってるんだから、なんでも似合うっていうわけにはいかないわよ」

そういってマキコは笑った。

そんな二人のやりとりを、ミユキは指輪には関心がなさそうに眺めていた。

「あんたたちはいいねえ、似合うのがあって」

「どうしてはめてみないの。せっかくじゃないの」

「どうぞ、ご遠慮なく」

マキコとヒロコと店員さんにいわれても、ミユキは、

「手も大きいし、こういった色石のはだめなのよ」

と、いちばん近くにあった、華奢《きゃしゃ》な指輪をはめてみせた。

「ほーらね」

そういって手をかざしてみせる。

「わざといちばん似合わないのを選んでるんだもの」

マキコが呆れた。

「そうよ。そんなのはめなくたって、見ただけで似合わないのがわかるわ」

あれこれいわれても、ミユキは、

「だって今日は私は運転手だから……」

を繰り返した。マキコとヒロコは、

「ふふふ」

と笑いながら、目の前にある指輪を片っ端からはめた。デザインによって、驚くくらい似合う物と似合わない物がある。同じ色石を使っていても、合う合わないがあるのだ。

「面白いものねえ」

誰にともなくヒロコがいうと、店員さんも、

「そうなんです。不思議ですね」

という。自分には全く似合わない物でも、他人には誂《あつら》えたようにぴったりする。だから選ぶのが楽しいともいえるのだが。

手持ちぶさたになってきたらしく、ミユキも指輪をはめてみるようになった。

「ほら、似合わないのよ。うーん、これもかわいすぎる」

ひとつずつ、つけたりはずしたりしながら、ぶつぶつと独り言をいっている。

「あ、これは？」

そういって手を見せた。スクエアカットにされた大ぶりの緑色の石の指輪で、指にはめる部分には金のパーツを組み合わせてあって、シャープさと品のいい柔らかさがある。

「ああ、それいいわよ。よく似合う」

マキコとヒロコは同時に声を上げた。彼女の手の大きさ、指の長さ、肌の色にぴったりだ。

「ちょっとはめてみて」

彼女の手とはまるで逆の手をしているヒロコがはめてみると、まず石が大きすぎるし、色も濃すぎる。

「私も」

マキコがはめてみた。やっぱりしっくりこない。もう一度、ミユキがはめてみると、彼女にいちばんしっくりきた。

「よくお似合いですよ」

店員さんも誉めた。

「いいね、これは」

ミユキは気に入ったようだった。

そのとき別の店員さんが来て、黒の浅い箱を置いていった。

「こちらにもございますので、どうぞご覧下さいませ」

それはパールの指輪軍団だった。

「おおっ」

また三人は目が釘付けになった。パールの指輪はデザインが難しい。小さな物はなんだか貧弱な感じになってしまうし、大きければいいというものでもない。フォーマルではなく中年の女の指に合うパールの指輪には、なかなか出会わないのだ。

う。

「私、色石よりもパールが欲しいな」

マキコがつぶやいた。後輩の結婚式に招《よ》ばれているのだが、そのときにしたいという。

「気になってあれこれ見てみたんだけど、フォーマルにしか使えないような物ばかりで、ふだんにもつけられて、それでフォーマルにもいけるっていうのがないのよね」

そういいながら彼女は、地金にパールの三分の一ほどが埋まり込んだようなデザインのをはめてみた。地金のところに大胆な細工が施してあって、どんな服を着ても似合いそうな感じだ。

「これ、いいよね」

「うん、とてもいいよ」

そういいながらミユキとヒロコも手を伸ばした。

「あらー、私はパールはだめだわ」

パールの丸い白やピンクよりも、四角い緑色の石がミユキにはよく似合った。ヒロコの手にはパールはどれもフォーマルっぽくなりすぎ、色石のほうが遊びがあって、楽しめそうだった。

また三人は、ああだこうだといいながら、十何個もあるパールの指輪を、交代にはめたりはずしたり、また値札を見ながら、

「おや」

「まあ」

といいながら、楽しんだ。

「あの、あちらにいらした、ごくごく普通の、三十代くらいのまじめそうなご夫婦は、失礼ですけどどういう物をお選びになったんですか」

突然、ミユキが店員さんにたずねた。

「何を買ったっていいじゃないの。人のことなんか、気にしないの」

マキコはそういいながら、パールの指輪をまたはめてみている。

「だって、他の人は何を買いに来たのかなって思って」

そういうと、店員さんは笑いながら、

「時計をお買い求めいただきました」

といった。

「へえ、ペアか奥さんへのプレゼントか。いいねえ、夫婦で仲良く」

「そんな女に生まれたかったわねえ。私たちなんか、必死で働いて自分で買ってるんだもんね」

また別の黒い箱が届けられた。

「時計もご覧になりませんか」

雑誌のグラビアで見た、ベルトの部分が腕にくねくねと巻き付くタイプの時計があった。

「これ、見たことがあります」

ヒロコが指さすと、

「こちらはスネークというタイプでございますね」

指輪に神経がいっていた三人は、時計を見ても、それほど気持ちはそそられなかったが、ひととおり全部、腕にはめてみた。

「やっぱりこれは、ゴージャスなミラノのマダム系っていう感じかもしれないわよ」

「でも最近は若い女の子だって、ブルガリの時計をしてるよ」

「本当？」

「してるよ。見たことあるもん」

「だって、たとえばこれだったら……相当な値段だよ。若い子に買えるの？」

「それが持ってるのよ。どういうわけかわからないけど」

「若い女の子も来ますか？」

ミユキがたずねたら、店員さんは、

「はい、お見えになります」

とうなずいた。

「ほら、買いに来るのよ」

「でも自分で買う人は少ないんじゃない」

「さあねえ、どこかのパパか、お金持ちの坊ちゃんに買ってもらうのかもしれないけど」

「そういう女になりたかったわねえ。私たちなんか必死で働いて……」

「ほら、もう、やめなさいよ。同じことばっかりいってるわよ」

店員さんはご丁寧に何度もお茶を淹《い》れ替えに来てくれる。

「おそれいります」

三人はぺこりと頭を下げ、

「ふーっ」

とため息をついた。

「えーと、私はこちらを……」

マキコがいいかけたところへ、またまた黒い箱が運ばれてきた。

「こちらはダイヤ入りの物でございますが、ご覧になりませんか」

「いえ、もう、十分見させていただき……あっ、そうですか。じゃあ、せっかくですから……」

いちおうは遠慮をしたが、やはり目の前に黒い箱を見せられると、ついついよだれが出てしまう。

「私はダイヤもだめなのよ」

ミユキはそういってはめた手を見せた。

「そうね、色があるほうが似合うね」

「でもマキコちゃんは、そういうゴージャス系の指輪も似合うよね」

ヒロコはつぶやいた。大きなダイヤと小さなダイヤがてんこ盛りになっていて、輝きでも値段でも目がくらみそうだった。

「指にはね」

マキコは淡々としている。

「指には合うかもしれないけど、合う服がないわよ。これだったら、イブニングドレスじゃないと無理じゃない」

とても普通の服では太刀打ちできない、ものすごい指輪だった。

全部で何個の指輪をはめたりはずしたりしたことだろう。

「一生分の指輪を見たっていう感じね」

ミユキは呆然としていた。

「で、あなたはこのダイヤでしょ」

そういわれたマキコは、

「あら、買っていただけるの？　まあ、うれしい」

といいながら、

「これをお願いします」

とパールの指輪を店員さんに渡した。

「それでは私はこれを」

ヒロコはいちばん最初にはめてみた、ふたつの色違いの石がついている物を指さした。

「やっぱり、これかな」

緑色のスクエアカットの大ぶりの指輪を、ミユキは渡した。

「しばらくお待ち下さいませ」

包装してもらっている間、マキコは、

「運転手だなんだっていったって、結局、自分がいちばん高いのを買ったのね」

とミユキをからかった。

「あら、そうだったかしら。だってあなたたちのはいくらだったの？」

ヒロコの買った指輪の二倍以上、マキコの一・五倍の値段だった。

「運転手さんが、いちばん豪勢なお買い物」

そういってマキコはくすくす笑った。

「うるさいなあ。あれしか私は似合わなかったんだ。いいなあ、二人とも、似合うのがたくさんあって。あーん」

そういってミユキはテーブルに突っ伏して泣き真似をした。あとの二人はにやにや笑いながら、放っておいた。

「お待たせいたしました」

店員さんの声に、ミユキはがばっと起き上がり、髪の毛をなでつけ、にこっと笑った。カードの利用明細には、石の種類が書いてある。ヒロコのは「ルベライトとグリーントルマリン」だった。ミユキのもグリーントルマリンだったが、色がずっと深いので、質がよい物なのだろう。

「長い時間、ありがとうございました」

三人は恐縮して、ああだこうだ騒いでいてもいやな顔ひとつせず、にこやかに応対してくれた店員さんに頭を下げて店を出た。

三人ともとても満足していた。半貴石ではあるが、生まれて初めて、名前のある店で買った指輪である。

「さ、次はどこに行きたいの？　エルメス？　プラダ？　グッチ？」

ミユキは元気がいい。

「もう、これで十分でございます」

「堪能《たんのう》いたしました」

二人はそう答えた。いかにも買い物をしたといった感じであった。

「食事でもする?」

ミユキの声にマキコがいった。

「何をいってるの。今日は予約をしてない限り、無理だって。おでんのモモちゃんなら、すいてるかもしれないけど」

歩道の上に、おでんのモモちゃんの看板が置いてあった。

「買い物をして、うちで食べようよ」

マキコがそういってくれたので、置いてある物に問題はないのに、どういうわけだかいつもすいている、あるデパートの食料品売場に立ち寄った。

ぶらぶらと物色していると、赤と緑のディスプレイが目立つコーナーがあった。売場のおばさんが、声をかける元気もなく、立ちつくしている。

「これ」

ミユキがにこっと笑った。鶏のモモ焼きが並んでいる。

「こういうのって、そんなにおいしいわけじゃないけど、ま、いいんじゃない」

あとの二人も、

「そうだね」

といって、多少はクリスマスの雰囲気を盛り上げたほうがいいかと、モモ焼きを一本買った。隣のショーケースには、ロブスターを焼いてチーズをかけた物が置いてある。

「じゃあ、景気付けにこれも」

売場のおばさんは、

「はい、ありがとうございます！」

と大声を出した。

「ああいう物は、気分だからね、味はまあ、期待しないということで」

三人がこそこそと話しながら歩いていると、マキコがふっと消えた。

「どこに行ったのかしら」

ヒロコがきょろきょろと背伸びをして見渡すと、ミユキが、

「あの人、いつもそうなのよ。ふっといなくなっちゃうの」

と背伸びをし、

「あ、あそこにいる」

といった。マキコは白菜漬けを買っていた。周囲のショーケースを見ながら、近付いていくと、

「そうだ、御飯がない」

といいながらマキコが手招きした。ヒロコが茶巾鮨と海苔巻きを買いに走った。

「これくらいでいいかしらねえ」

といいながら、マキコはたたきゴボウの白ごま和えを買った。

「はい、ご苦労さま。とっとと帰りましょう」

三人は一路、マキコのマンションに向かった。

マンションに戻ると、ミユキとヒロコが皿を並べている間に、マキコがサラダと味噌汁を作ってくれた。あっという間に、準備は整った。食卓に座って、三人は並んだ品々を見て、

「クリスマスだかなんだか、よくわかんないね」

と笑った。とりあえず、

「じんぐるべー、じんぐるべー」

と歌ってみたが、雰囲気が盛り上がるわけではなかった。

「いただきます」

予想どおり、モモ焼きもロブスターも、とりたててどうってことはなかった。御飯にいく前に、ちょっとインターバルを取っていると、マキコが席を立ち、

「ふふん」

と笑いながら、ブルガリの箱を持ってきた。

「あっ、それじゃ私も出しちゃおう」

ミユキとヒロコもあわてて白い箱をバッグの中から取り出した。そして三人は、

「ふふん」

といいながら、それぞれが買った指輪をはめてみた。自分のために買ったクリスマス・プレゼントに、大満足だった。これからずっと大事にしようと思った。三人で手だけの写真も撮った。そして指輪を箱の中にそっと戻した。指輪でしばらく盛り上がったあと、小腹がすいたので、また食卓についた。

「ロブスターにチーズがかかってるのって、どういうわけか、お腹にもたれるのよね」

マキコの声に二人はうなずいた。

「やっぱりたたきゴボウはおいしい」

マキコはつぶやいた。そしてあとの二人も、

「そうそう」

とうなずき、たたきゴボウにかじりついた。

解説

中山庸子

「あのね、今度群ようこさんの解説書くことになった」

「先生、凄《すご》いね、やったじゃん」

「でしょ、でしょ。もう嬉しくてさ。つい電話しちゃったわけ」

「わかるよー。でもいいなー」

「いやー、こういう日がくるとはねー」

私は、年こそ群さんよりひとつ上なのだけれど、女子高で教師をしていた頃からの群ようこファン。この会話も、解説の話をもらってすぐ、当時の教え子の一人（もちろん群さんファン）に興奮して電話してしまった時の再現というわけです。

教師時代から、年甲斐《がい》もなく生徒と張り合ってついくだらない自慢を言ったりしていた私ですが、正真正銘、誇れる自慢のひとつは『午前零時の玄米パン』の初版本を持っていること。もちろん、あとで手に入れたものではなく、ちゃんとその当時書店で買ったものです。

実は、ちょうどその頃、群馬で美術教師をしていた私のイラストを見た、じゃこめてい出版の青木太郎氏から「田舎《いなか》暮らしをイラスト中心の本にしてみないか」という(夢のような)話が来ていました。たまたまカントリーという言葉が注目されはじめた頃で、週末すごしていた赤城山のアトリエでの生活を四季の変化を通して綴《つづ》る、という企画でした。が、

絵のほうはともかくまとまった文章と言えば、「クラス通信」とか「修学旅行を終えて」というようなものを書いた経験があるくらいのもの。

それも、国語教師に「中山さんの文は、中身はそれなりに伝わるけど〈てにをは〉や時制がね、もしかしてちょっと国語苦手だった?」と聞かれるくらいの代物でした。

そのため青木さんに「文の方もなんとかなるよね。一応十六ページ分だけ、原稿送ってみてよ」と言われ、「ハイ、わかりました」と答えたものの、内心はもうオロオロ

状態。その時に青木さんが「最近出たんだけど、すごくいいぞ」と見せてくれた本があり、それが『午前零時の玄米パン』との出会いでした。

表紙の鮮やかなチューリップは、私がかつて通っていたセツ・モードセミナーの先輩である柳生まち子さんの絵だったので、「午前零時の玄米パン」というタイトルが憶《おぼ》えられなかった私は、「チューリップのピカピカした表紙」という記憶のもと、帰り道に神田の書店で手に入れたのでした。ちなみに、この本の装丁をした多田進氏は、現在、夫の一番の飲み友達・旅友達ということで、これもまた、何かの縁でしょうか。

さて、下りの高崎線の中で早速読み、群さん流に言えば「ドヒャー」という感じ。そして「そうか、こういうふうに書いてもいいのか。こんなに楽しくてチャーミングでいいのか」とブツブツ呟《つぶや》いている怪しい乗客になってしまったのでした。

群さんの本で開眼、勇気百倍、で翌年どうにか文章も書き上げ『カントリーの風をあなたに』という本を出版しました。が、生徒たちから「先生の本、ちっとも本屋で見かけないけど、売れちゃったのかな」。イエイエ、あまりに少ない発行部数とあまりに素早い返品で、すぐに店頭から消えてしまっていたのでした。

一方、『別人「群ようこ」のできるまで』『無印良女』と次々ヒットを飛ばす群さんに、「私の分までがんばっておくれー」とばかり、空っ風ふきすさぶ群馬から勝手にエールを送っていたのでした。当時イラストで名前が出始めた同世代の人には「きっと何かズルイことやっているんだ」とかなり黒い嫉妬心を抱いた私も、群ようこという同世代の作家の成功は、嘘でもなんでもなく嫉妬を感じなかった……。

それは、本を通して「群ようこは絶対にアンフェアなことはしない人だ」と確信が持てたからに相違ありません。同じく女子高出身で女子高の教師になった私は、「女同士の間にある厳しいオキテ」を人一倍よく知っていました。

それは、女同士でいる時と、男友達や(例えば強面《こわもて》の生徒指導教師のような)権力の前でコロリと態度を変える女子、自分だけ楽してイイ目を見ようとしたりするズルイ女は、絶対に許されないし受け入れてもらえない、というものです。

もともとノンフェロモン系で「そういうのは、全く納得がいかない」と怒るタイプだった私は、群さんに勝手に親近感を感じ、新刊を手にしてはその都度「だよねー。そうこなくっちゃ、よしよし」と溜飲《りゅういん》を下げ、なんだかんだと理不尽なことも多い現実の中でも「さあ、そろそろまた働くとするか」と元気を取り戻す、を繰り返してきたのです。

この『なたぎり三人女』も、もちろん今回解説を書くことになる前に読んでおり、ヒロコがまさに群さんそのものだから、私は（あんまり最近描いてないけど）一応イラストレーターだから、マキコということにして、で、ヘアメイクアーティストのミユキは誰にしようかなーなどと勝手にキャスティングを考えたりしながら楽しんでいたのでした。

普通、女三人が小説に登場したら、一人の男を巡ってドロドロしたり裏切ったりしたのなんだのがありそうで、そういう類《たぐい》の話は、実話でもフィクションでも「カンベンしてー」と言いたくなってしまうのですが、さすが「なたぎり体質」の群さん書くところの「なたぎり女たち」ですから、サッパリ痛快だし、しみじみ共感もできるのです。ドロドロフェロモンもイヤだけど、あまりに辛辣《しんらつ》な「かみそり体質」になると、これまた友達にはなりたくない。

そういう意味で、この三人はなんとなく知り合ってなんとなく「マザー2」攻略や「健康モノ」体験にはまったり、「トラブル食堂」企画や「テラスハウス」転居に燃えたり冷めたりしているようで、実は「天の配剤」と言えるくらいの絶妙なキャスティングで、無理のない力の入り具合と心地よい抜け具合……ホント癒《いや》されます。

それも、背が高くアルコールがいけておしゃれもいけてる年上のミユキが一見ツッコミのようで実はボケキャラで、小柄でアルコールがダメな在宅仕事のヒロコとマキコの二人がツッコミという形ができていて、これがまた安心して笑える往年のかしまし娘かフラワーショー（例が古くてゴメン）の芸を見ているようでございます。


「長かったわねえ」

三人の引っ越し熱は、しゅるしゅると風船がしぼむように消えていった。

「特別、今の住まいに不満がないんだから、のんびりやりましょ。ねえ、都心の広い一戸建てを三人で借りるっていうのはどう？」

ミユキが明るくいうと、マキコとヒロコは真顔で、

「絶対にいや」

ときっぱりといいきった。


この呼吸、やっぱり「なたぎり三人娘（？）」の芸風でしょうね。

さて、いくつかのエピソードの中、私が一番好きなのは、ラストのクリスマス・イ

ブの話。イブの日、ミユキのベンツで女三人、ブルガリに行き、で大騒ぎしながら指輪をお買い上げ、その後デパ地下でモモ焼きやロブスターに、茶巾鮨もお買い上げ、とここまではイブのディナーとしてセーフ！　ですが、さすが名ツッコミのマキコが、白菜漬けとたたきゴボウの白ごま和えを買うのが、リアルにしていい味出してます（一応、自分をマキコに見立てているので、ひいきもあったりして）。

自分の働いたお金で、それぞれが自分のために買った「お気に」のブルガリの指輪をはめる。満足した表情でずっと大事にしようと思う。

私は、このシーンが大好き。

すべての働く女たちへの、群さんからのすてきなプレゼントだと思うから（もちろん、たたきゴボウもね☆）。

――エッセイスト

この作品は一九九九年五月小社より刊行されたものです。

なたぎり三人女《さんにんおんな》

群《むれ》ようこ

平成14年8月25日　初版発行

発行者——見城徹
発行所——株式会社幻冬舎
〒151-0051東京都渋谷区千駄ヶ谷4-9-7
電話　03(5411)6222(営業)
　　　03(5411)6211(編集)
　　　振替00120-8-767643
印刷・製本—中央精版印刷株式会社
装丁者——高橋雅之

幻冬舎文庫

ISBN4-344-40275-8　C0193　む-2-6